www.mayabook.co.kr

www.mayabook.co.kr

동칠, 이제 정착기

**동칠,
이계정착기 ❸**

지은이 | 가이하
펴낸이 | 권순남
펴낸곳 | (주)마야 · 마루출판사

등록 | 2008. 1. 7(제310-2008-00001호)

초판 인쇄 | 2009. 8. 21
초판 발행 | 2009. 8. 25

주소 | 서울시 노원구 상계 1동 1049-25 신영산업 BD 602호
대표전화 | 02-2091-0291
팩스 | 02-2091-0290
이메일 | marubooks@hanmail.net

ISBN | 978-89-5974-613-2(세트) / 978-89-5974-671-2
정가 | 8,000원

잘못된 책은 교환하여 드립니다.
저자와 협의하여 인지를 붙이지 않습니다.

동칠, 이계 정착기

3

가이하 퓨전 판타지 장편소설
MAYA&MARU FUSION FANTASY STORY

마루&마야

목차

제1장. 반갑지 않은 손님 …007

제2장. 헤즐링의 거처 …033

제3장. 가르데일과 마잔베르크 …059

제4장. 물러난 마잔베르크 …083

제5장. 뜻밖의 응원군 …111

제6장. 당구장을 차리다 …137

제7장. 황제 납시다 …161

제8장. 제국의 군대 …191

제9장. 돌아온 동칠 …229

제10장. 만드라고라의 애환 …253

제11장. 샥스핀이 불러온 반향 …277

제12장. 실버 드래곤의 진노 …303

"저곳이렷다?"

"틀림없을 겁니다."

데리고 온 수하의 답변에 마잔베르크는 얇은 입술을 비틀었다.

바로 저곳이 와룡반점, 즉 가르데일이 머물고 있는 곳이라는 게 아닌가.

경사 지대를 올라가며 마잔베르크는 적잖이 놀랐다. 와룡반점은 오늘도 엄청 많은 손님들로 북적대고 있었기 때문이다.

놀람은 곧 조소로 탈바꿈됐다.

"크큭… 가르데일 녀석, 여기 종업원이라도 되는 건가?"

호랑이도 제 말 하면 나타난다고 했던가?

백발이 성성한 저놈은, 마잔베르크가 알고 있는 가르데일이 틀림없었다.

우습게도 그는 정말로 비워진 테이블의 접시를 치우고 있었다.

하도 어처구니가 없는 일이라 마잔베르크는 실색이 되어 버렸다.

"뭐, 뭐야? 저 자식."

비록 악연이라고는 하나, 가르데일은 마잔베르크가 인정하는 몇 안 되는 사람들 중 하나였다.

저런 일은 소드마스터가 할 일이 아니었다. 소드마스터가 돼서 어디 할 짓이 없어 저런 걸 하고 있단 말인가.

실로 이해 불가한 일이라 그는 나지막하게 침음성을 흘렸다.

"음......"

꼭 그가 내뱉으려던 말을 곁의 수하가 이야기했다.

"기억상실증이라도 걸린 게 아닐까요?"

의견을 내비치는 수하의 기억에도 가르데일은 있었다.

당시 다크 엘프들을 이 잡듯 잡아 죽이던 게 바로 백발의 악마 가르데일이었다.

물론 그 원인 제공은 마잔베르크가 했지만 말이다.

타당성이 느껴졌는지 마잔베르크는 주억거렸다.

"기억상실증이라. 그 말이 일리가 있겠군."

그러나 기억이 사라진 가르데일이라 해도 해묵은 원한을 접어줄 수는 없었다.

과거, 마잔베르크가 그에게 잃은 수하만 하더라도 30명이 훌쩍 넘어섰기 때문이다.

생각을 굳혔는지 마잔베르크는 사악한 미소를 띤 채 데리고 온 수하 3명과 함께 야외 테이블로 천천히 발걸음을 옮겨 갔다.

그러나 마잔베르크가 보덴에게 자리를 안내받을 무렵에는 가르데일은 안으로 들어간 후였다.

아침을 해결한 지 좀 지난 시각이어서 마잔베르크는 주저 없이 식사를 내오게 했다. 그는 개의치 않았지만 함께 온 수하들은 음식 값이 꽤 비싸다는 걸 깨달았다.

'도대체 무슨 음식이기에 일 인분에 팔십 쿠퍼나 받는 거지? 보통 음식점의 여덟 배나 되잖아.'

일단 근처에서 풍겨 오는 향은 만족스러운 축에 속했다.

거기다 붉거나 갈색, 혹은 투명한 소스가 곁들여진 음식들……. 다크 엘프들 모두가 그 음식들의 정체를 궁금해했다.

머잖아 테이블 위에 네 사람분의 음식이 대령되었다.

3명의 다크 엘프는 자장면을, 그리고 마잔베르크는 그 권위에 맞게 그보다 더 비싼 짬뽕을 시켰다.

과연 마잔베르크가 돋보이기는 했다. 자신의 음식은 유독 시뻘겋지 않은가.

흐뭇하게 미소 지으며 마잔베르크는 젓가락을 집었다. 그 정도 되는 자가 주위를 살펴보지 않았을 리 없던 것이다.

뛰어난 눈썰미로 이미 이것을 먹는 방법을 터득해놓은 마잔베르크였다.

그러나 알맞게 휘저어 면발을 입에 집어넣었을 때, 마잔베르크는 오만상을 찌푸려야 했다. 생전 이렇게 매운 음식을 접하지 못해서다.

"크합."

얼큰하다 못해 입안이 화끈거리고 속이 탈 것처럼 뜨거워졌다.

하늘처럼 떠받드는 마잔베르크가 입에서 불이라도 뿜을 듯한 반응을 보이니 그의 수하들은 자장면을 입에도 못 대고 호들갑을 떨었다.

"괜찮으십니까?"

"혹시 음식에 독을?"

그에 곁에 서 있던 보덴이 밉지 않은 표정으로 뒷머리를 긁적거렸다.

"하하, 손님, 원래 매운 음식입니다. 처음 오신 분인지 몰랐군요. 죄송합니다. 미리 말씀드렸어야 했는데……."

그러나 한 다크 엘프는 그 말을 귀에 담지 못했는지 벌떡 일어서 보덴의 멱살부터 잡았다.

"네 이놈들, 도대체 음식에 무슨 짓을 해놓은 거냐?"

그렇게 소리치고 나니 불쑥 그는 이상한 생각이 들었다.

마잔베르크가 걸신들린 양 면발을 건져 먹고 있었기 때문이다.

보덴은 그럴 줄 알았다는 듯 미소를 지으며 짬뽕의 강점을 연설했다.

"짬뽕은 웰빙 음식입니다. 매운 음식은 항체를 형성시키고……."

마저 다 듣질 못하고 마잔베르크의 부하가 되물었다.

"웨, 웰빙?"

"몸에 좋은 음식이라는 이야기입니다."

을씨년스러운 날씨에 땀을 뻘뻘 흘려 가며 짬뽕 국물을 들이켜 대는 마잔베르크를 보는 수하들의 표정은 복잡했다.

그러나 음식을 그보다 늦게 먹는 것도 불충인지, 다크 엘프들은 시선을 거두고 재빨리 자장면을 먹기 시작했다.

사투를 벌이듯 자장면을 삼키는 수하들의 얼굴에도 놀라움은 자리했다.

'세상에, 이런 음식이 있었다니!'

이렇게 훌륭한 맛!

더 음미하며 먹고픈 그들이었다.

그러나 이 시각에도 마잔베르크의 그릇에 담긴 국물과 양파, 조개들은 끊임없이 줄어가고 있다.

긴장의 끈을 늦출 순 없는 상태인 것이다.

억지로 목구멍으로 집어넣어대니 저마다 눈물이라도 핑 돌 지경이었다.

곧이어 순차적으로 그릇이 놓여졌다.

물론 부하들이 자장면을 목구멍으로 들이붓다시피 했기에 마지막으로 그릇을 내려 두는 건 마잔베르크가 되었다.

"크, 음식 맛은 일품이군."

수하들의 뇌리에도 비슷한 생각들이 스쳐 지나갔다.

'이거야 원, 이렇게 맛있는 음식을 쫓기듯 먹어버렸으니……'

'혼자서라도 후에 다시 이곳을 찾겠다.'

'언젠간 전하께서 드신 음식도 맛보고 싶군. 짬뽕이라고 했지?'

만감이 교차하는 가운데서도 사람들은 바삐 움직였다.

음식을 다 먹은 손님들은 계산을 마치고 자리를 떠났고, 종업원들이 테이블을 치우면 어디선가 또다시 손님들이 나타나 어김없이 빈자리를 차지했다.

하지만 마잔베르크는 아직 자리를 비워줄 생각이 없었다. 여기 온 용무는 그것이 아니었기 때문이다.

그러나 종업원 된 입장에서 율카스는 그것을 눈감아줄 수 없었다.

"빈 그릇은 치워가도 되겠습니까?"
무안함을 안겨 주려는 것이다.
그러한 의도도 모르고 마잔베르크의 수하가 대답했다.
"치워라."
허락이 떨어지자마자 율카스는 좋다고 그릇들을 치워갔고, 테이블엔 물 컵만이 남게 되었다.
물만 홀짝이다 보니 다크 엘프들은 주위 사람들의 시선을 의식할 수밖에 없었다.
창피를 면하려면 한시라도 빨리 일어서야 했다.
마잔베르크도 수하들의 생각과 별반 다르지는 않았다. 다만 그는 끊임없이 돌아다니던 보덴에게 말을 남겼다.
"가르데일에게 그리운 친구가 왔다 갔다고 전해주겠나?"
"그리운 친구요? 어르신과 잘 아시는 사이신가 보군요. 바로 말씀을 전해드릴 테니 잠깐 기다려 주십시오."
당장에라도 가르데일을 부르러 가려던 보덴에게 눈웃음을 치고 마잔베르크는 일어섰다.
"곧 보게 될 것이니 서두를 것 없어."
그 말 속에 가시가 숨어 있음을 보덴은 알아차리지 못했다.

※　※　※

'그 사람은 알타 산에 위치한 와룡반점에 있습니다.'

페노멘은 자신의 계획과 마잔베르크에게 언급한 말을 후회하지 않았다.

아니, 후회하지 않으려 노력했다.

이제 와 돌이켜 보니 다크 엘프 마잔베르크와 가르데일의 싸움은 페노멘 자신에게 일체 득이 될 게 없는 일인 것 같았다.

하나, 이미 손을 떠난 일인데도 페노멘은 미련을 접어두지 못했다.

무엇보다 그 망할 프로센 백작이 있는 자리에서 꾸며진 일이었다.

마잔베르크가 와룡반점을 무력화시키고 접수한다 한들, 그곳은 프로센이나 그가 가지게 될 것이다.

아니, 프로센이 가지게 될 가능성이 농후했다. 페노멘은 그 자리에서 와룡반점을 포함한 알타 산이 어느 정도의 이윤을 창출하는지 마잔베르크에게 역설하지 않았으므로.

자신의 성, 집무실 의자에 앉아 페노멘은 허탈하게 중얼거렸다.

"결국 내게는 이득이 없는 일이라는 이야기인가……."

정작 그가 원하는 건 와룡반점과 알타 산이었다.

작금 페노멘의 심정이란 짝사랑을 하다 차인 남자의 심정에 빗댈 수 있었다.

비록 실패로 끝났다고는 하나, 출혈을 감수하고 공을 들인 대상을 남 주기는 정말 싫은 것이다.

제 구애를 받아주지 않은 와룡반점 주인이 밉기는 했다.

구애라기보다는 강요와 협박에 가까웠지만, 딴에는 향후 와룡반점을 보호한다는 명목이 있었기에 떳떳했다.

가르데일과 기이한 힘을 발하는 와룡반점의 주인이 있기는 해도 페노멘은 마잔베르크의 힘을 우세하게 쳤다.

그도 그럴 것이 자신은 일개 군주의 입장에서 노렸다지만, 마잔베르크는 페노멘이 속한 바센 왕국을 능가하는 힘을 가지고 있다.

아무리 와룡반점이 막강하다 한들, 노스페 평야의 지배자인 마잔베르크에 비할 순 없는 것이다.

그기 생각하기로 마잔베르크가 주력 부대를 이끌고 와룡반점을 향하게 된다면 결과는 불 보듯 훤했다.

필시 마잔베르크가 와룡반점을 접수하게 될 터였다.

그리고 머잖아 와룡반점은 그와 프로센 백작의 폭압에 빠질 것이라 독단했다.

걱정이 거기까지 미치자 페노멘의 미간에 골이 깊게 패였다.

'불쌍한 놈. 그러게 내게 왔어야 했다. 만에 하나 와룡반점이 자력으로 그의 손길을 뿌리친다면?'

반갑지 않은 손님 • 17

가망성이 없는 얘기였다. 상대는 노스페 평야의 지배자이기 때문이다.

그래도 만약, 아주 만약 그렇게 된다면 하는 가정이 페노멘의 뇌리에서 쉽사리 지워지지 않았다.

'그럴 리는 없겠지만, 만일 그렇게 된다면……?'

가장 먼저 가르데일의 이죽거리던 면상이 떠올랐다.

'오늘 봤던 것 잊게. 이 친구의 힘을 발설하는 순간, 내 오밤중에라도 자네를 찾아가 따질 터이니…….'

와룡반점 주인이 가진 의문의 힘을 이야기함이었다.

여태 페노멘 자신은 마잔베르크와 프로센을 포함한 누구에게도 그 부분에 대해 발설하지는 않았다.

그러니 만일 가르데일이 자신을 찾아올 시에도 어쩔 수 없이 경과보고만 했다고 둘러대면 될 일이었다.

또한 그 이야기가 새어나갔다고 한들, 자신은 떳떳하다. 잘못이 있다면 그 많은 병사들이 지켜보고 있는 자리에서 그러한 경고를 내뱉은 가르데일에게 있었다.

그 얼굴에 깊게 자리 잡은 짜증과 시름이 걷혀지지 않자 곁에 섰던 부관 샤르프가 조심스럽게 입을 열었다.

"사람을 보내 와룡반점 쪽에 살짝 정보를 흘리는 건 어떻겠습니까?"

이미 그의 걱정을 간파하고 있음이다. 페노멘은 샤르프의 의견을 진지하게 받아들였다.

"사람을 보낸다?"

"그렇습니다. 그리하면 저쪽의 환심도 살 수 있으며, 의심 또한 떨칠 수 있을 것입니다."

"하지만 누가 보아도 승산은 다크 엘프에게 있다. 행여 그가 눈치라도 챘다면 내게 이로울 일은 전혀 없다."

이로운 게 아니라 해롭게 될 것이다.

프로센 백작도 추앙하다시피 하는 그이거늘, 어떻게 눈 밖에 난다는 말인가? 나쁘게 보자면 그것은 자살행위나 다름없었다.

샤르프 또한 경솔했던 자신을 깨닫고 재빨리 말을 바꿨다.

"하오면 다크 엘프에게 원조를 해주심이……?"

"노스페 평야의 지배자가 내 원조를 받으려 할까? 부관의 말처럼 받는다 하더라도 고맙게 생각하지 않을지도 모른다."

샤르프는 페노멘이 매사를 너무 부정적으로만 생각하고 있다고 판단했다.

'자작께서는 한 번의 실패로 너무 의기소침해 계신다.'

이해를 못하는 건 아니었다.

그 한 번의 실패가 인생을 판가름할 만큼 중대한 사안이었기 때문이다.

만약 페노멘이 발 빨리 프로센 백작에게 줄을 대지 않았다면, 지금 이 자리에서 편안히 이야기를 하고 있지도 못했을 것이다.

그러한 사정은 샤르프도 잘 알고 있었다.

'무리를 하지 않으시는 게 좋기는 하지만……'

작금의 사정도 그다지 여의치는 않았다.

병사들은 물론이고, 가솔들을 먹일 돈도 충분하지 않다.

그렇다고 영지민을 더 쥐어짤 수도 없는 노릇이었다.

가뜩이나 부족한 영지민들이 스스로 목숨이라도 끊는 날에는 손해가 이만저만이 아니기 때문이다.

지금으로선 그들을 어르고 달래도 모자랄 판이었다.

저번 영지전이 패착에 빠진 이후, 페노멘에게는 그 손해를 메울 뾰족한 방법이 필요했지만 딱히 이렇다 할 묘안이 없었다.

샤르프가 고심하는 이유는 그 때문이었다.

'양단간에 결정은 필요한 때 같습니다.'

자신보다 더 짐을 많이 진 그에겐 차마 건네지 못한 말이었다.

하지만 페노멘도 그 같은 사실은 이미 충분히 인지하고 있었다.

❈ ❈ ❈

짜가각, 짜각.

알에 금이 가는 소리만 벌써 2시간째였다.

늦저녁 주방에서 와룡반점의 종업원들과 식객들은 제멋대로 굴러와 홀에서 깨어지는 알을 예의 주시하고 있었다.

뿐만 아니라 만드라고라까지 주방에서 나와 있는 상태!

알이 깨지기 시작하자 만드라고라는 영문도 모르고 울어 버렸고, 그 특이한 소리가 와룡반점 종업원들과 식객들을 한자리에 불러 모은 것이다.

여기에 방금 신도들의 밭에서 고추를 수거해온 동칠과 율카스까지 가세했다.

"무슨 일이야?"

동칠의 질문에 판테스, 보덴, 하만이 이구동성으로 답했다.

"이제 부화하려는 모양입니다."

가르데일과 데몬도 입을 열어 제각기 소감 한마디씩을 했다.

"수수께끼로군. 어미도 없이 부화하는 알이라니……."

"제 평생 제멋대로 굴러다니는 알은 또 처음 봅니다."

데몬의 말처럼 지금도 알은 스스로 방문턱에 부딪쳐 가며 금이 가지 않은 부위를 두드리고 있는 중이었다.

동칠도 이런 광경이 마냥 신기하기만 했다.

'저 큰 알 속엔 어떤 녀석이 들어 있을까?'

그의 상상 속에 저건 좀 큰 닭의 알일지도 몰랐다. 아니면 영화에서 흔히 봐왔던 공룡의 알인지도.

지구라면 몰라도 이 세계에서는 그런 놈들이 알을 깨고 나와도 이상할 것 하나 없어 보였다.

그러면서 동칠은 다음을 생각했다.

'닭이면 키워서 요리를 해야 하나?'

중화요리 중에 닭이 들어가는 메뉴가 있었다. 그 대표적인 음식이 바로 깐풍기다.

돼지보다 2배나 큰 꾸뤼릭도 잡았고, 소보다 훨씬 큰 미노타우로스도 잡았다.

하물며 좀 큰 닭이라고 해서 못할 건 없었다.

'저 정도 크기면 몇 인분이나 나오려나?'

실로 위험천만한 생각을 품고 있는지도 모르고, 동칠은 알을 달걀과 비교하며 벌써부터 계산에 몰두했다.

그러면서 만일 저게 닭과 유사한 놈이고 깐풍기의 재료가 될 수 있다면 특별한 손님들한테만 내주어야겠다는 야무진 계획까지 수립했다.

오랜 기다림 끝에 드디어 알의 일부가 깨지며, 족히 한 뼘은 넘어 보이는 굉장히 두꺼운 껍질이 바닥으로 떨어졌다.

타각.

발치에 놓인 껍질을 가르데일이 주워들었다.

그런데 세상사를 달관하여 어지간한 일에는 놀람을 보이

지 않던 그가 경직된 몸짓을 보이고 있다.

그럴 만도 한 것이, 이 알은 겉과는 다르게 속이 형형색색의 영롱한 광채를 간직하고 있었기 때문이다.

"이런 껍질은 본 적도 들은 적도 없군. 자넨 아는가?"

가르데일의 질문에 껍질을 받아들고 유심히 살펴보던 데몬 또한 진중한 낯빛으로 고개를 저었다.

"터틀(거북이형 몬스터)의 등껍질 같기도 하고… 실로 오묘하군요. 이런 형태조차 처음 보는 것입니다. 이건 대륙 내에 존재하는 그 어떤 금속이나 돌과도 다릅니다."

껍질을 살피고자 동칠이 그것을 건네받을 필요는 없었다. 균열이 계속되더니 또 한 껍질이 깨지며 떨어졌던 것이다.

그리고 동칠이 깨어진 조각을 주워들었을 때, 달걀흰자와 같이 영양분으로 구성된 끈끈한 점액질이 손으로 만져졌다.

알의 크기에 비하면 미량에 불과했지만, 손에 흥건히 묻어날 정도였다.

'노른자는 없지만 이 정도 양이면 프라이가 가능할지도……'

사뭇 진지해져 버린 동칠의 표정에 데몬이 조바심을 내며 물었다.

"동칠, 당신은 알고 있습니까?"

"모르겠는데요."

동칠이 대답을 마칠 그 무렵, 알이 깨지는 속도는 더 빨라졌다.

 짜가각, 짜가각.

 깨어지고 깨어진 알 사이에서 이윽고 한 생명체가 머리를 디밀었다.

 쿠작.

 정면에서 동칠이 보는 이놈의 머리통은 도마뱀과 흡사했다. 다만 이마 쪽에는 울긋불긋한 돌기가 나 있고 뒤통수로는 굵직한 갈기가 뻗어 있는 게 달랐을 뿐이다.

 곧이어 녀석이 힘겹게 알을 밀고 나오며 다른 차이점들도 보였다.

 특히나 등 쪽의, 너무 작아 퇴화된 것으로 보이는 날개 자국은 이 생명체가 도마뱀이 아님을 결정적으로 입증해주고 있었다.

 놀라움은 컸지만 한편으로 실망도 컸다. 어찌 됐건 알을 깨고 나온 건 닭이 아니었기 때문이다.

 그때 마침 점액 덩어리를 둘러쓴 그놈이 균형을 잃고 쓰러졌다.

 그 형체를 본 건 와룡반점 식구들 모두였으나, 이상하게도 데몬의 움직임은 굳어 있었다.

 "허허, 신기하게 생긴 놈이로고."

 "저도 처음 보는 놈이네요."

 가르네일에 이은 샨의 말이었다.

누가 더 얘기하기도 전에 샨이 또 의문을 들추어냈다.

"동물일까요? 아니면 몬스터?"

"드래곤이네."

대답을 내어준 데몬은 곧 그 말을 번복했다.

"아니, 헤츨링이라고 해야 맞겠지."

그는 침착했다. 아니, 침착하려 애썼다.

흔들리는 건 비단 그만이 아니었다. 여기선 가장 담력이 크다는 가르데일마저 떨리는 목소리를 내고 있었으므로.

"화, 확실한가?"

데몬은 흑마법사 교단에서 오래전 보았던 헤츨링의 사체를 떠올리며 고개를 끄덕거렸다.

"분명합니다."

그들 흑마법사들이 사냥을 한 게 아니었다. 발견 당시 헤츨링은 이미 죽어 있었던 것이다.

어찌 됐건 지금은 와룡반점 전체가 충격에 휩싸인 상태였다.

그 와중에 보덴이 두려운 목소리를 냈다.

"그렇다면 큰일 아닙니까?"

"큰일이지. 드래곤은 더 문제겠지만, 엄연히 헤츨링도 문제가 되긴 하니까."

빈말을 잘 하지 않는 데몬의 말이었지만, 동칠이 보기에 이 헤츨링은 그리 위험해 보이진 않았다.

갓 태어난 것치고 다소 덩치가 크기는 해도 사람을 잡아먹을 것 같지는 않았기 때문이다.

그렇다고 못 배운 티를 낼 순 없는 노릇이었다.

그저 입을 닫고 있으니 알아서들 의문을 제기했다.

"그래도 헤츨링인데 큰일이라니요. 아직 새끼인데요?"

"제 생각도 그렇습니다. 아무리 드래곤의 유생이라지만……."

데몬은 그런 샨과 율카스의 말을 단박에 부정했다.

"모르는 소리! 헤츨링이 사라진 걸 알면 드래곤들이 날뛸 거야. 만에 하나, 저게 죽기라도 하면 놈들은 우리가 이 세상 어디에 있건 찾아내서 태워 죽일 것이네. 모두 다 드래곤 슬레이어를 꿈꾸는 멍청한 놈들 때문에 그렇게 되었지만."

데몬의 말마따나 인간들의 욕구는 끝이 없었다.

세상에는 드래곤 슬레이어를 꿈꾸는 많은 이들이 있지만, 인간이 드래곤을 상대한다는 건 정작 무리한 일이었다.

그런데도 일부의 사람들은 포기하지 않았다.

하지만 성공한 사례는 어디까지나 헤츨링에 한해서였다. 그들은 제법 덩치가 커진 헤츨링을 사냥해 그것을 드래곤이라고 우겼던 것이다.

그것이 불과 백 년 전에 일어난 일이었다.

그 일로 인해 드래곤 슬레이어들을 자처하던 이들은 물론, 그들이 속한 왕국은 대륙에서 형체도 없이 사라졌다. 바로 드래곤들의 진노가 내려졌던 탓이다.

그 이후, 헤츨링 사냥은 금기시되었지만 아직도 미련을 버리지 못하는 이들이 많았다.

걸리지만 않으면 된다는 얄팍한 술수가 머릿속에 숨어 있어서였다.

모두 욕심 때문이었다.

드래곤의 비늘은 낮게는 100골드에서 많게는 500골드를 호가한다. 이빨이나 발톱, 뿔 등은 그보다 더욱 비쌌다.

그야말로 돈이 안 되는 부분이 없는 것이다.

게다가 드래곤 하트에는 무한대의 힘이 숨겨져 있는 것으로 오인되어, 여러 왕국과 마법 또는 검술의 극한까지 깨달은 이들이 탐을 내고는 했다.

분명 드래곤 하트에는 거대한 드래곤을 움직일 동력이 담겨 있기는 했다. 하지만 살아 있는 드래곤의 심장, 즉 드래곤 하트를 꺼낼 용자는 이 세상에 아무도 없었다. 발견을 하더라도 사체에서나 할 수 있는 것이다.

그러니 부질없는 욕심일 뿐인데, 아직까지 그러한 헛된 망상을 저버리지 못하는 자들이 많았다.

데몬이나 가르데일이 겁을 내는 이유도 거기에 있었다.

"헤츨링이 이곳에 있다는 사실이 알려지면 각국에서 달려들 걸세. 이제껏 우호적인 입장을 보이던 자들이라고 다를 건 없겠지."

"제 걱정도 거기에 있습니다. 저희 교단에서도 이와 같은 일을 금기시하고 있는데, 사람들은 참 아둔한 것 같습니다."

"문제는 헤츨링을 넘겨줘도 우리까지 발각될 것이라는 걸세."

"9서클 이상만 시행할 수 있다는 정신 마법을 통해 말이지요."

가르데일과 데몬의 말은 착착 죽이 맞았다.

샨이 또 궁금증을 참지 못하고 물어왔다.

"정신 마법이라니요?"

"마법의 극의를 깨달으면 생명체의 뇌까지 조정할 수 있지. 그 머릿속에 어떤 생각이 담겨 있는지를 알아내는 건 기본이고, 그 대상을 자신의 뜻대로 조정할 수도 있다네."

끔찍한 생각이 들었는지 샨은 한 차례 몸을 떨며 되물었다.

"그, 그런 일이 가능해요?"

"그러니 드래곤인 거지. 우리는 꿈도 못 꿀 일들을 별다른 어려움 없이 해내는 게 그들이니까."

괜히 최강의 생명체라는 수식어가 붙은 게 아니었다.

그 본신의 힘도 만만치 않지만, 마법의 극의를 옵션으로 달고 있기 때문이다.

동칠도 그제야 데몬과 가르데일이 하는 말을 알아듣고 걱정이 샘솟았다.

'그럼 정말 큰일이잖아. 저거 어떻게 하지?'

동칠의 시선이 몸을 일으키다 주저앉는 헤츨링에 오래도록 머물렀다.

"드래곤한테 돌려주면 어떨까요?"

"누구 헤츨링인지 알고 말입니까?"

데몬은 민감하게 반응하고 있다.

"그럼 방사를 시키는 게……."

이번엔 가르데일이 턱을 매만지며 고개를 내저었다.

"그랬다가 우리 소행이라는 게 밝혀지면 좋을 게 없을 것 같네."

듣고 보니 처리하기가 상당히 어려운 물건이었다.

"그럼 키워야겠네요."

별생각 없이 뱉은 말에 이번에도 데몬은 민감한 반응을 보였다.

"키우다니요. 헤츨링이란 사실을 잊은 겁니까?"

도저히 방법이 없는 것 같아, 동칠은 되도 않을 생각을 품었다.

"그럼 그냥 먹……."

그가 무슨 말을 하려는지 데몬이 가장 먼저 깨우쳤다.

말이 더 튀어나왔다가는 재앙이라도 일어날 것처럼 여겨졌는지, 황급히 동칠의 입을 틀어막고 한 곳으로 끌고 간 그는 법석을 피웠다.

"엄청난 지적 생명체입니다. 어쩌면 우리가 하는 말을 다 알아듣고 있는지도 모른단 말입니다."

동칠은 이제 곤혹스러워졌다.

"그럼 어떡하죠? 키워도 안 되고, 버려도 안 되고, 먹어도 안 되면……."

헤츨링과는 조금 떨어진 거리라고는 하지만 결국 입 밖으로 나와 버린 말!

데몬은 동칠의 배짱에 혀를 내둘렀다.

'어떻게 저런 말을 서슴지 않고 하는지…….'

분명 자신 같았으면 입에 담지도 못할 말이었다. 동칠은 그저 무식해서 용감할 수 있었을 뿐인데…….

이리 생각하고, 저리 생각해도 데몬도 마땅한 방법을 찾아낼 순 없었다.

결국 개중에 가장 나은 방법은 외부에 알리지 않고 몰래 키우는 일뿐이었다.

"결국 키우는 수밖에 없겠군요."

"아깐 안 된다면서요."

"고쳐 생각해보니 그러는 수밖에 없을 것 같습니다. 어차피 헤츨링이 성체가 되려면 오백 년은 걸릴 테니, 주의만 잘한다면 우리가 죽을 일은 없을 듯합니다. 우리가 죽기 전까지 안 걸릴 수만 있다면 말입니다."

말과 함께 데몬의 한숨이 낮게 깔려 나왔다.

동칠은 도대체 드래곤이라는 저 생명체가 어떤 것이기에 사람들이 이리도 겁을 먹는 건지 이해할 수가 없었다.

 동칠은 깨진 헤츨링 알에 남아 있는 점액질로 프라이를 할 생각은 접어버렸다.
 데몬이 방방 뛰어서였다.
 아쉬움을 뒤로한 채 그는 종업원들에게 지시했다.
 "일단은 방에 넣어."
 "넵."
 동칠의 명령에 수건으로 헤츨링의 몸에 묻은 점액을 닦은 종업원들은 녀석을 안 쓰는 방으로 옮겼다.
 '개집… 아니, 헤츨링 집을 마련할 때까지 당장은 여기 넣어두는 수밖에 없다.'
 동칠은 그렇게 생각했다.

저마다 입을 모아 대단하다고들 하는 존재를 어설픈 공간에 가둬둘 수는 없었기 때문이다.

고급스러워야 하고, 안락해야 하며, 깔끔해야 한다.

그 세 가지는 데몬이 특별히 강조한 사항이었다.

굴러온 알이 상전이 되어버린 지금!

잘못이 있다면 그 알을 주워온 때부터였다.

헤즐링을 안에 넣고 보니, 멀거니 서서 자신의 눈치를 살피는 만드라고라가 눈에 밟혔다.

그간 예닐곱 소녀처럼 부쩍 커버린 만드라고라였기에 동칠은 미안함이 앞섰다. 일을 시키고도 여태 주방에서만 살게 했던지라 그럴 만했던 것이다.

게다가 사실 헤즐링보다야 만드라고라가 동칠에게는 더 필요한 존재가 아니던가.

결국 동칠은 큰마음 먹고 만드라고라에게 말했다.

"너도 들어가."

서당 개도 삼 년이면 풍월을 읊는다고 했다.

비록 3년은 아닐지라도 하루 내내 동칠과 붙어있다시피 하는 만드라고라였기에 그의 말뜻을 못 알아들을 리가 없었다.

만드라고라까지 방 안에 들어가고 난 뒤, 동칠은 문을 닫았다.

그럼에도 안심하지 못하고 가르데일과 데몬은 걱정을 드

러냈다.

"괜찮을까?"

"괜찮을까요?"

이에 보덴이 철석같이 답했다.

"괜찮을 겁니다. 저희가 불침번을 서니까요."

종업원들이 불침번을 섰던 건 어제오늘의 일이 아니었다.

두 사람도 그것을 알고 있던 터였지만, 워낙 중요한 사안이라 불안함은 완전히 가시지 않았다.

"혹여 문제가 발생할 땐 우릴 흔들어서라도 깨워야 하네."

가르데일의 당부에 종업원들을 대표해 판테스가 대답했다.

"여부가 있겠습니까."

그제야 한시름 놓았는지 등을 돌려 자신들의 방으로 돌아가려던 두 사람.

보덴은 문득 잊고 있던 게 떠올랐다. 가르데일에게 전할 말이 그제야 떠올랐던 것이다.

"참, 어르신! 낮에 어르신을 찾아왔던 분이 계셨습니다."

"나를?"

"예."

"아니, 그 얘기를 왜 지금에 와서 하나?"

"경황이 없어서 그만……."

일이 바빠서 그랬으려니 판단하고 가르데일은 친숙한 어

조로 물었다.

"그래, 어떤 사람이?"

"이름은 모르겠고, 모자를 깊게 눌러쓴 남자 다크 엘프였습니다."

"다크 엘프가?"

"예."

나름 생을 길게 살다 보니 마주친 인연이 많았고, 알고 지냈던 다크 엘프도 하나가 아니었다.

그중엔 인연도 있었지만 악연도 있었다.

용건을 알아야 찾아온 대상이 누군지 짐작이라도 해볼 터였다.

"그래, 무슨 용무로?"

"그리운 친구라고 하셨습니다. 조만간 다시 오시겠다고……."

애매모호한 얘기였다.

다크 엘프와 인연도 맺었다고는 하나, 친구라고 부를 만한 대상은 기억에 한 명도 남아 있지 않았던 때문이다.

'누구지?'

그가 다시 찾아오기 전까지는 알 수 없는 일이었다.

✼　✼　✼

이런들 어떠하며 저런들 어떠하리.

동준은 그 말을 이해할 수 없었다.

자신의 인생은 점점 더 파국 속으로 치닫고 있었기 때문이다.

최악이라 생각했을 땐 더 깊은 수렁으로 빠져들었고, 이제는 바닥이다 생각하자 그보다 더 깊은 심연을 체험하게 되었다.

졸지에 와룡반점을 잃고, 마누라의 눈이나 피해 인근 공원을 전전하며 소주병을 입에 달고 살던 하루하루!

그 밑바닥 인생은 끝이 아니었다.

암울한 삶을 달래줄 소주도 이제는 없었다.

마른하늘에 날벼락을 맞았다 한들 이보다는 나았을 것이다.

말도 통하지 않는 세계에서 거지 신세로 전락해버렸다.

만나는 사람 모두가 낯선 이들일 뿐이었고, 매일같이 절망이 눈앞을 가렸다.

'내 전생에 대체 무슨 죄를 지은 것이냐?'

그 생각만 할라치면 눈물이 핑 돌았다.

하지만 아무리 알지도 못하는 전생에 대해 뉘우치고 잘못을 빌어도 궁색한 자신의 삶은 나아지는 기미조차 보이지 않았다.

이 세상은 복지조차 개판이어서 남이 어디 가서 굶어죽건

말건 전혀 개의치 않았다.

 허기를 못 이겨 삐쩍 마른 몰골로 구걸을 해도 빵 부스러기 떼어주는 온정 따위는 존재하지 않았다.

 적어도 동준이 찾아갔던 이들은 그랬다.

 문전 박대는 그들에게 친숙할 정도로 자연스러웠던 것이다.

 "후우~"

 이제는 친숙해져 버린 한숨이 입에서 흘러나왔다.

 그리고 어느새 작업복으로 변해버린 셔츠 주머니에서 담뱃갑을 빼어들었다.

 안을 살펴보니 5개비밖에 남지 않았다.

 "이 아까운 걸……."

 꺼내든 담배에 불을 붙일 용기가 나지 않았다.

 그러나 오늘도 나락이다.

 이게 아니면, 그 무엇도 지치고 찌든 생활을 달래줄 수 없었다.

 덜덜 떨리는 손으로 라이터에 불을 붙였다.

 칙, 치익.

 환하게 솟은 불이 담배에 붙자마자 그는 담배를 주욱 빨았다.

 "푸우~"

 가슴에 응어리지고 한 맺힌 숨이 입 밖으로 뱉어지며 저

구름처럼 뭉실뭉실 연기가 피어난다.

유일하게 동준이 해방감을 느끼는 때였다.

"세상에 나보다 못한 삶을 살고 있는 사람이 또 있을까?"

한때는 잘나가던 차이니즈 레스토랑의 사장이었다. 또한 건실한 가정을 꾸리던 가장이기도 했다.

그리고 대한민국에서 3명의 월급을 책임지던 경영자였다.

그랬던 자신을 당최 누가 이런 몹쓸 상황으로 내몰았단 말인가!

기회만 주어진다면 동준은 그 낯짝에 침이라도 뱉어주고 싶은 심정이었다.

따지고 보면 동준은 그저 와룡반점이 이 대륙으로 넘어오면서 딸려 온 부산물인 셈이었다.

비록 동준의 처지가 비슷한 시기에 이 세상으로 넘어온 다른 2명에 비해 가장 치참하다 할지라도, 지금의 동칠과 삼식을 있게 만든 장본인은 바로 그였다.

물론 동준은 동칠과 삼식이 이곳에 있다는 사실을 알지 못했다.

와룡반점이 거짓말처럼 사라졌을 당시 그는 자신조차도 살필 겨를이 없었기에 동칠과 삼식의 행방에 대해서도 알아보지 못했던 것이다.

삼식은 몰라도 동칠만 찾아간다면 그의 끝 모를 내리 막장 인생에 꽃이 필지도 몰랐다.

하지만 앞날은 누구도 모르는 것이었다.

작금 동준은 이 밑바닥 인생을 어떻게 벗어나야 할는지 생각해볼 여유가 없었다.

그저 어떻게 해야 조금이라도 입에 풀칠을 할 수 있을 것인지가 제일 중요했다.

행복은 잠시였다. 어느새 담배가 끝까지 타들어갔기 때문이다.

꽁초가 되어버린 담배에 오래도록 미련을 담은 시선을 두었다가 동준은 무거운 발걸음을 옮겼다.

이제는 식량을 넣어달라고 끊임없이 아우성치는 배 속을 달래주어야 할 때였다.

'남이 버린 빵 부스러기나 있으면 좋을 텐데……'

맛을 이야기하는 건 그에게 있어 사치였다. 제 배 속에 들어만 가주면 감사할 뿐.

정처 없이 걷고 또 걷던 동준.

문득 그의 발길이 한 지점에서 멈췄다.

동준은 알 수 없는 글귀가 적힌 채 매달린 간판을 뚫어져라 바라보았다.

그것이 황룡반점이라는 뜻이라는 것도, 삼식이 운영하는 가게라는 것도 그는 알 리가 없었다.

세 테이블.

동 시간대 세 테이블은 황룡반점에게는 기적과도 같은 일이었다.

물론 자기 입에 들어가는 게 아니라며 음식 맛에 일체 신경을 안 써온 삼식이 스스로에 대한 반성과 성찰을 가진 결과물이기도 했다.

확실히 재료들을 바꾸고 삼식이표 자장면의 맛에 신경을 쓰기 시작한 근래에 들어서는 헛구역질이나 구토를 하는 손님들이 확연히 줄어들었다.

목숨을 앗길 뻔했던 위기가 이러한 기회를 제공해준 셈이다.

삼식이표 자장면을 다시 돌아보게 된 계기!

적어도 음식 맛 때문에 전처럼 목숨이 위태로워져서는 안 된다고 판단해서였다.

동칠과 사비가 벌인 그때의 싸움으로 부서진 벽과 천장에는 천막을 쳤다.

망가진 건물을 수리할 형편도 못 되었기 때문이다.

그래도 손님이 꾸준히 늘어나고 있으니 조만간 수리를 할 수도 있을 듯하다.

장사가 예전에 비해 잘되어서인지 침울하고 어둡기만 했던 삼식의 얼굴에도 여유가 생겨났다.

"꼭 죽으란 법은 없구나."

가끔씩 손님들이 '독특한 맛이다.' 혹은 '맛있게 잘 먹었다.' 라고 칭찬이라도 해주고 가는 날에는 입이 귀밑에 가 걸렸다.

그는 이제야 요리를 하는 즐거움을 알 것 같았다.

"그래, 나는 애초에 철가방과 어울리지 않았다. 나도 요리를 하고 싶었다. 자격증이 없어서 못했을 뿐이지."

더불어 손님들로부터 투정 한마디, 불평 한마디 없었던 차였으니 삼식은 자신이 요리에 상당한 재능이 있다고까지 여겼다.

"동칠… 아니, 그의 탈을 쓴 악마야 재료가 있었다지만 나는 그것도 아니었다. 밑바닥부터 커왔다는 말이다!"

그 생각을 하니 또다시 울분이 치미는지 삼식은 몸을 부들부들 떨었다.

그런데 여기엔 삼식이 한 가지 잘못 알고 있는 부분이 있었다. 동칠이 가진 식재료는 분명 한정되어 있었다는 점이다.

그 점을 깨우치기는 했는지 삼식 역시 아리송해했다.

"전기도 안 들어올 텐데 냉장고는 어떻게 한 거지? 또 일년을 넘게 장사를 해왔으면 재료도 벌써 바닥났을 텐데……."

쉽사리 의문이 풀리지 않자, 삼식은 그것마저 동칠의 정체성과 연관 지었다.

"역시 그놈은 악마다. 동칠 형의 탈을 쓴……."

그는 악마에게는 이 세상에 없는 식재료까지 준비할 능력이 있다고 여겼다.

그리고 어떻게 해서든 그 악마와 조금이라도 멀리 떨어져야 한다고 생각했다.

"돈이 생기는 대로 당장 가게를 옮기자. 비록 그 악마가 나를 보지 못했다고는 하지만 불안해서 살 수가 없다."

그러다 또 한 생각과 부딪쳤다.

"아차, 그러면 단골손님들은?"

새로운 문제에 봉착한 삼식은 그 악마가 자신의 모든 앞길을 가로막는 느낌까지 들었다.

"젠장, 어쩌다 그렇게 생긴 악마가 튀어나와서는……. 하긴, 악마가 뭘 못해. 악마니까 동칠 형으로 변신도 하는 거지. 그건 그렇고, 동칠 형은 결국 그 악마한테 잡아먹힌 건가?"

생각이 거기까지 미치자 삼식은 이 세계에 와서 처음으로 동칠에 대한 동정심이 생겼다.

"불쌍한 형……."

그 광경을 아콴이 뒤에서 죽 지켜보았다.

틈만 나면 유령과 대화하듯 중얼거리는 삼식이 그는 너무 안타까웠다.

'불쌍한 삼식이. 인생이 너무 꼬여서…….'

그래서 미쳤다고 생각했다.

요 근래 손님이 늘어났다고는 하지만, 아직 첩첩산중이었다.

가게 수리비에 두목한테 들어갈 돈, 식재료 구입에 들어갈 돈하며 넘어야 할 산이 너무도 많았던 것이다.

그런데 저렇게 시시덕거리고 있으니 미쳤다고 생각할 수밖에.

비로소 삼식이 인기척을 느끼고는 아콴과 눈을 마주쳤다. 그는 화들짝 놀라는 아콴이 영 못마땅하고 못 미더웠다.

"야, 너 나한테 죄졌어? 그러다 손님 그냥 나가버리면 어쩌려고 그래!"

가게를 지키는 사람이라고는 자신과 삼식이 전부다.

그제야 제 잘못을 깨우쳤는지 아콴은 황급히 뒤로 돌았다가 문득 잊고 있던 게 떠올라 다시 돌아섰다.

어리바리한 그 모습이 삼식의 눈총을 샀지만, 아콴은 눈치를 무릅쓰고 할 말은 했다.

"참, 삼식아, 손님 또 왔는데?"

"몇 사람?"

"한 사람."

한 사람이라는 데 실망은 했지만 무려 네 테이블이 찼다. 삼식은 붕 뜨려는 기분을 억제하며 퉁명스레 물었다.

"뭘 시켰냐?"

"자장면이지, 뭐. 다른 메뉴도 없잖아."

은근슬쩍 비꼬는 아관을 향해 삼식은 눈을 부라렸다.

그리고 당황하며 방정맞게 홀로 사라진 그를 두고는 씩 웃었다.

오로지 실력만으로 기록을 세웠으니 어찌 뿌듯하지 않겠는가!

삼식은 우선 텁텁한 붉은 콩을 삭혀 만든 양념을 소금 간으로 덮혔다. 거무죽죽한 개죽을 사용했을 때보단 훨씬 나아진 상태였다.

또 이에 들어가는 고기 또한 전과 달랐다. 들짐승 고기가 아닌, 무려 말고기인 것이다.

이로써 음식을 만들 때 훨씬 비싼 돈을 들여야 했지만, 삼식은 후회하지 않았다.

음식이 다 되기도 전에 손님으로부터 아우성이 들려왔다.

"왜 이렇게 늦어요?"

어디선가 들어본 것 같은 목소리였지만 그는 개의치 않았다.

"흥, 대단한 맛을 보려면 기다릴 줄도 알아야지."

그렇게 코웃음을 쳐 버리고 삼식은 거친 곡식 가루를 한 번도 아닌 무려 세 번을 빻아 만든 면발을 데치고, 오이 대용으로 잘게 썬 풀잎을 얹음으로써 그 대미를 장식했다.

전보다 두 단계, 아니 세 단계는 능히 향상된 자장면이었다.

자신감에 부풀어 삼식은 자장면이 담긴 그릇을 선반에 내려 두고는 선반 바닥을 탕탕 쳤다.

 곧이어 아콴의 손이 나타나 준비된 자장면을 들고 갔다.

 얼마나 흘렀을까?

 "삼식아, 먹을 만하대."

 "삼식아, 괜찮았대."

 "삼식아, 독특하대."

 손님들이 나갈 때마다 아콴은 시시각각 맛에 대한 평가를 전했다.

 그러나 네 번째 평가는 아콴이 하는 게 아니었다.

 "왜 맛이 이따위야?"

 웬 손님의 호통에 부처님처럼 너그러워졌던 삼식의 얼굴이 험하게 일그러지기 시작했다.

 독설은 계속되었다.

 "이런 걸 음식이라고 만들어? 망할 놈 같으니."

 급기야 잠들었던 삼식의 성깔이 깨어나고 말았다.

 "저런 개자식을 보았나?"

 저따위 손님은 앞으로 받고 싶지도 않았기에 삼식의 목소리도 드세졌다.

 그 말본새가 손님 귀에 들어갔음은 당연한 일.

 "뭐? 개자식? 어떤 새끼야?"

 "나다, 이 새끼야!"

그렇게 소리를 치고 나니 뭔가 이상했다.

무려 네 차례나 들은 목소리가 상당히 귀에 익었기 때문이다.

'설마······?'

차마 얼굴을 내놓진 못하고 삼식은 살짝 발을 걷어 눈으로만 홀을 살폈다.

아니나 다를까, 동준이 노발대발하고 있었다.

'어, 어떻게······?'

자신과 동칠에 이어 동준이 이 세상에 온 것이다.

그러나 그를 반기기에는 사정이 여의치 않았다. 벌써 목소리가 상당히 커진 상태고, 감정도 격화된 상황이었다.

자연히 지금 그를 봐봤자 하나 좋을 게 없었다.

다행히 아콴이 삼식 자신의 뜻을 헤아렸는지 동준을 들어다 밖에다 매쳐 버렸다.

"썩 꺼져."

힘에서 이길 수 없다는 걸 알아서일까? 아니면 돈이 없어 그랬을 수도 있다.

밖으로 나가는 순간, 동준은 순순히 자리를 떠나버렸다.

그때까지 삼식은 혼란에 빠져 있었다.

'내 주위에 도대체 무슨 일이 일어나는 거지? 설마 대한민국 전체가 이리로 오게 되는 걸까? 아니, 어쩌면 사장은 동칠 형의 탈을 썼던 악마일 수도 있다. 저번의 꾐에 내가 빠

지지 않으니 이번엔 사장으로 변신한 것일 수도…….'

 상상이 엉뚱한 곳으로 기울게 되니 감히 그를 쫓을 엄두가 나지 않았다.

 삼식이 생각하기로 동칠 형의 탈을 썼던 그 악마는 자신을 괴롭히는 취미가 있었기 때문이다.

 그렇게 한참이나 고민하고 고민하다가 삼식이 침을 꿀꺽 삼키곤 용기를 내어 밖으로 나갔을 때, 동준은 이미 사라지고 없었다.

※ ※ ※

익일.

 마잔베르크는 다시 와룡반점을 찾았다. 가르데일과의 악연에 종지부를 찍기 위함이었다.

 또한 장차 대륙을 거머쥘 자신의 꿈에 장애가 될 싹을 미리 잘라버리려는 의도도 있었다.

 소드마스터란 무위를 지니고 있는 자들은 그만큼 흔치 않았으니, 가르데일 또한 후일 필연코 걸림돌로 작용하리라는 걱정 때문이었다.

 마침 와룡반점은 휴일이었다.

 느닷없이 불어온 바람에 마당에 잘 말려 놓은 고추 하나가 날아가 마잔베르크의 발아래 떨어졌다.

푸직.

밟아버린 고추만큼이나 마잔베르크의 표정은 잔혹해 보였다.

숙적인 가르데일을 없앨 자리라서 더욱 그런지도 몰랐다.

무심결에 날아가 버린 고추를 줍겠답시고 달려오던 율카스가 움찔했다.

마잔베르크 휘하의 다크 엘프 차르타가 검갑을 디밀어 그의 목울대를 찌를 듯 위협하고 있었기 때문이다.

이 상황이 율카스는 경황없이 뛰어온 까닭이라 여기고는 억지웃음을 드리웠다.

"하하, 손님 발아래 떨어진 것 때문에……."

그에 마잔베르크가 발을 들어 밟아버린 고추를 주시하면서 물었다.

"이거 말인가?"

"예, 손님."

아직 터진 게 아니었다.

씻어서 쓰면 되겠거니 판단한 율카스가 목을 노린 검갑을 치우며 허리를 굽혀 그거라도 주우려 하자, 마잔베르크는 보란 듯이 구둣발을 내리고는 비비기까지 했다. 못쓰게 만들어버릴 속셈인 것이다.

처음엔 실수려니 생각했지만 이제 보니 나쁜 의도였다.

적개심이 싹트며 율카스의 눈썹도 덩달아 꿈틀거렸다.

불쾌감이라도 표출하려는지 율카스는 이마를 덮고 있는 머리카락을 쓸어 올렸다.

더불어 벌려진 입에서 이 무례한 손님을 향해 곱지 않은 목소리가 새어나갔다.

"이건 무슨 경우인지……."

'개 같은'이라는 수식어까지 붙이고 싶었지만, 착한 사장님 밑에 오래 있어서인지 율카스의 성미도 예전 같지 않았다.

게다가 자신은 와룡반점에 소속된 종업원이 아니던가. 암만 뭣 같은 경우를 앞에 두었다 해도 손님을 향해 험한 육두문자를 입에 담을 순 없는 것이다.

선임 기사들뿐 아니라 자신도 와룡반점의 얼굴이기 때문이다.

그래도, 아니 그래서 굽히기 싫었다.

비록 못쓰게 되었을 테지만 끝끝내 고추를 주워야겠다는 의도로 마잔베르크의 다리에 손을 가져다대려는데, 어깨로 누군가의 구둣발이 올려졌다.

불쾌함에 고개를 들 시간도 주어지지 않았다. 그 즉시 구둣발에 힘이 가해졌으므로.

파악.

율카스는 몇 바퀴나 거꾸로 나뒹굴었다.

막내를 건드린 것에 발끈하여 밖에 있던 하만과 판테스가 서둘러 걸음을 옮겨 왔다.

"괜찮아?"

하만의 물음에 율카스는 4명의 다크 엘프들에게 시선을 고정시키고는 입가의 피를 훔치며 씨익 웃었다.

"예."

아직 여유가 있다는 뜻이다.

하만이 율카스의 시선이 고정된 다크 엘프들을 주시한 채 입을 열었다.

"검을 내오겠다. 합세하자."

하지만 판테스는 율카스나 하만처럼 상대를 얕잡아 보지 않았다. 은연중에 느껴지는 불길함 때문이었다.

"섣불리 나서지 마라. 어르신께 알려야겠다."

어지간한 일로는 가르데일을 부르지 않는다. 이는 종업원들 모두가 숙시하고 있는 철칙이었다.

실력도 물론 중요하지만 꼭 검을 섞어보지 않아도 상내가 제 능력 밖인지, 안인지를 꿰뚫어 보는 것도 중요했다.

그리고 혜안이라 할 순 없을지라도 판테스의 눈썰미는 상당했다.

노련하게 마잔베르크의 손가락이 그런 그를 집어냈다.

"저 녀석이 제일 강하겠군."

순간, 다크 엘프들의 뇌리에 비슷한 생각이 스쳤다.

'전하께서는 왜 저자를 높게 사시는 걸까?'

'일개 종업원일 뿐인 것을.'

마나라도 발산하고 있다면 모르겠지만 아직 검도 들지 않은 상태다.

하지만 소드마스터인 만큼 마잔베르크의 판단력은 범인의 상상을 불허했다. 그리고 그 자신감 또한 남달라 그는 종업원이 안으로 들어가도록 내버려 두었다.

잠시 뒤, 한 창문에서 커튼이 살짝 열리더니 누군가가 창에 눈을 가져다댔다.

초점은 마잔베르크에 맞춰져 있었다.

아무리 마잔베르크가 시력이 좋기로서니, 그 홍채만으로 사람을 판별할 수 있는 능력은 없었다.

곧 커튼이 내려가고 눈의 주인도 창과 멀어졌다.

멀지 않아 안에서 일단의 사람들이 병기를 휴대한 채 나왔다.

가르데일과 데몬, 그리고 그들을 부르러 갔던 하만이었다.

엉겁결에 안에서 일을 보던 보덴까지 나와 와룡반점을 찾아온 다크 엘프들을 보았다.

아는 척은 보덴이 빨랐다.

"저분입니다. 그리운 친구라고 하셨던 분이……."

"친구? 친구가 아니라 원수겠지."

대답을 하는 가르데일의 음성은 상당히 껄끄러웠다.

이는 보덴이 사실 전달을 잘못해서가 아니라, 평온한 일상에 저런 놈이 찾아왔다는 자체가 마음에 들지 않아서였다.

미처 그걸 모르는 보덴은 당황스럽기만 했다.

"워, 원수였습니까?"

두 번 말하면 입이 아프기라도 하는지 가르데일은 대답을 반복하지 않았다.

대신 전혀 반갑지 않은 마잔베르크에게 인사 한마디를 건넸을 뿐이다.

"욕을 먹으면 오래 산다더니……. 아직 살아 있었군."

마잔베르크도 그에 걸맞은 인사를 했다.

"늙어서 치매에 걸렸나 했더니, 기억상실증에 걸린 게 아니었나 보구나."

말처럼 둘은 오래 살았다.

하지만 타오를 듯 뿜어내는 안광은 사지 멀쩡한 젊은이들이라 할지라도 감히 흉내도 내지 못할 것이었다.

"누구입니까? 저자는?"

데몬의 질문에 가르데일은 귀찮다는 듯 답했다.

"방에서 말했지 않나. 마잔베르크라고."

데몬이 물은 건 물론 이름이 아니었기에 재차 질문해야만 했다.

"마잔베르크가 누구냐는 말입니다."

"꼴에 소드마스터라고 까불고 다니는 악당이지. 아주 질이 나빠."

그 소리를 용케도 들었는지 마잔베르크가 콧방귀로 응수했다.

"흥, 지나가던 개가 웃겠구나. 네 악행도 나 못지않을 것을!"

가르데일 역시 지지 않고 받아쳤다.

"악행이라. 너 같은 쓰레기들을 처리하는 것도 악행이던가? 그건 정의지."

말발에서 밀리기 시작하니 마잔베르크의 표정이 거칠어졌다.

그러자 은은하게 흘러나오던 살기가 일시에 폭발했는지 부근에서 한기가 느껴질 정도여서, 율카스를 비롯한 종업원들은 이제야 사태의 심각성을 인지하기 시작했다.

'크윽, 지독한……'

스산하게 피어오른 광기인지 살기인지 분간하기도 힘든 기운이 종업원들의 사지를 옥죄어오고 있었다.

마잔베르크도 소드마스터라는 건 이미 가르데일이 경고조로 알린 사실이었다. 하지만 종업원들은 아직 소드마스터의 무위가 어느 정도인지도 알지 못했다.

일찍이 가르데일이 선보였다고는 하나, 그건 어디까지나 대상이 미노타우로스였을 때였다.

무엇보다 소드마스터와의 대결 경험이 없는 종업원들은 그를 맞상대할 엄두가 나지 않았다.

그러나 데몬은 마잔베르크의 기세에 짓눌려 종업원들이 주눅이 든 걸 보고서도 그들에게 그 흔한 보호막조차 시전해주지 않았다.

흑마법사라는 게 들통이라도 나는 순간엔 표적이 자신에게로 넘어올 수 있기 때문이다.

 무엇보다 동칠과 샨이 은행에 간 이때, 데몬이 믿을 사람이라고는 가르데일과 자신뿐이었다.

 보아하니 가르데일이 마잔베르크라고 지목한 이의 수행원들은 와룡반점의 종업원들보다 뛰어나다.

 말인즉, 저 3명의 다크 엘프가 집요하게 자신을 노린다면 와룡반점의 종업원들이 자신을 지켜 주는 데는 한계가 따른다는 얘기다.

 마법사에게 영창은 필수다.

 데몬은 저 3명쯤은 한 방에 보낼 흑마법을 알고 있지만, 검술을 배운 저들보다 자신의 몸동작이 느리다는 점 역시 익히 알고 있었다.

그렇기에 시간을 벌어줄 이들이 필요했다.

'누구를 선제 타깃으로 정한다? 마잔베르크라는 저 소드마스터? 아니면 저 세 명?'

판단은 쉽게 서지 않았다.

마잔베르크만 한 방에 보내버린다면 나머지 3명은 가르데일이 처리할 수도 있겠지만, 확신이 서지 않는 일이었다. 소드마스터들의 신체적인 능력은 상상을 불허하기 때문이다.

따라서 꼭 흑마법을 펼친다고 해서 명중시키리라는 법은 없는 것이다.

데몬은 일을 확실히 하고자 가르데일에게 나직한 목소리로 물었다.

"죽여도 됩니까?"

"바라는 바일세."

"저자는 얼마나 강합니까? 어르신만큼?"

"그때는 비슷했지만 지금은 나보다 더 강할 수도 있겠지."

"그런데 이렇게 태연하신 겁니까?"

"난 이길 거라 믿네. 정의는 승리하는 법이니까."

근거도 없는 자신감이 어린 소리를 내뱉는 가르데일에게 데몬은 실눈으로 나무랐다.

"대책이 없다는 말이군요."

"이 사람, 정의가 이긴다고 하지 않았나."

정의 운운하며 옥신각신하는 둘을 보다 마잔베르크는 수

하들에게 눈짓했다.

비록 데몬이 눈속임조로 지팡이를 뒤편에 내려 두었으나 그의 눈을 속일 수는 없었던 것이다.

수하들은 입 밖에도 내지 않은 마잔베르크의 뜻을 알아들었는지 허리를 깊게 숙여 보였다.

곧이어 세 다크 엘프의 시선이 자신을 향하자, 데몬은 상황이 안 좋게 흘러감을 감지했다.

다행히 종업원들이 와룡반점에서 일어나는 크고 작은 일들로 잔뼈가 굵어져 빠르게 낌새를 알아채고는 각자의 검을 챙겨 데몬의 앞으로 나섰다.

너무 그들을 과소평가한 게 아닐까 란 생각이 문득 들어 데몬은 빙그레 미소를 떠올렸다.

"자네들만 믿어야겠군."

이렇게 된 이상 '될 대로 되라.' 였다.

적절한 상황 대처로 전투를 보조해주는 것만이 자신이 할 일이었다.

데몬은 마나를 배열하며 분주히 입술을 움직여 종업원들에게 일종의 보호막인 어둠의 권능을 시전해주었다.

보호막이 둘러지자 판테스를 비롯한 종업원들은 자신감이 배가 되고 용기가 치솟았다.

"오오오."

특히 자신감이 과하게 치밀어 당장이라도 뛰쳐나갈 듯 눈을 빛내는 율카스를 두고 데몬은 당부를 분명히 했다.

"율카스는 너무 앞서는 게 탈이야. 유리한 입장이라도 안심하지 말게. 저쪽은 꽤 위험해 보이니까."

판테스가 물었다.

"그렇게 위험합니까?"

"적어도 자네 이상쯤 되지 않을까?"

그럴 수도 있었다. 아니, 그럴 가능성이 농후했다.

종업원들 모두가 검을 들어 투기를 발산하고 있지만, 저쪽은 단 한 명도 움츠러드는 기색이 아니었기 때문이다.

사태의 심각성을 인지했는지 판테스가 다소 높아진 음성으로 말했다. 다른 종업원들까지 듣기를 바라는 투였다.

"섣불리 나서지 말아야겠습니다. 저희는 한 명, 운 좋으면 두 명을 상대할 수 있겠군요."

"그럴 것이라고 본다. 하지만 적법한 상황 판단만 이루어진다면 어렵지 않게 제압할 수 있을 거야."

판테스와 종업원들은 데몬이 하는 말을 어렵잖게 알아들을 수 있었다. 그들 또한 과거 마법사들과 여러 번 손을 맞춰봤기 때문이다.

어느새 가르데일이 마잔베르크를 향해 다가가고 있었다. 그의 눈에는 오로지 마잔베르크만 비칠 뿐이다.

하지만 마잔베르크는 당장 가르데일을 상대해줄 마음이라고는 티끌만큼도 없었다.

발산하던 투기를 거두어들이며 그가 한 발 물러서기도 전에 곁에 있던 다크 엘프들이 삽시에 빼든 검을 앞세우고 가르데일에게 맹렬히 돌진해왔다.

 상대가 비록 셋이라고 하나 움츠러들 가르데일이 아니었다.

 하나, 5미터, 3미터에 이르기까지 가르데일이 검을 뽑지 않으니 다크 엘프 한 명이 서슬 퍼런 검을 휘두르며 그의 우매함을 꾸짖었다.

 "아둔한 놈!"

 그러나 가장 선두에 선 다크 엘프와 가르데일의 거리가 극도로 좁혀졌을 때, 자색의 기운이 퍼졌다.

 보검 자르도닉스가 다시 한 번 세상의 빛을 보는 것이다.

 쩌겅.

 둔탁한 소리와 함께 맨 먼저 가르데일과 검을 맞닥뜨린 다그 엘프의 몸이 그의 검과 함께 허공으로 둥실 떠올랐다.

 곧이어 두 번째, 세 번째로 들이닥친 다크 엘프들이 순차적으로 검을 휘둘렀다.

 카캉, 깡.

 세 번째 다크 엘프의 검에는 제법 힘이 실려 있었다.

 자신이 물러나면 허공으로 치솟은 동료나 무지막지한 힘을 감당 못하고 옆으로 튕겨져 나간 동료의 안전을 보장받을 수 없었기 때문이다.

 무사히 착지한 두 동료가 거들기 위해 다시금 달려들었다.

그들 전부가 마잔베르크 앞에서 무능한 모습을 보일 수 없었던 탓이다.

검과 검이 뒤엉키며 금속음과 불꽃을 튕겨 냈다.

다크 엘프들 틈에 가려 가르데일의 모습이 잘 보이질 않자 와룡반점 종업원들의 걱정은 커져만 갔다.

"이럴 게 아니라 저희가 도와야겠습니다."

말을 꺼낸 이는 스스로 가르데일 공의 제자라 자처하는 보덴이었다.

스승이 어려움에 처해 있는데 어찌 그 제자 된 입장에서 모르는 체할 수 있으랴.

제 안전도 팽개치고 나간답시고 벌써 보덴은 한 걸음을 뗀 뒤였다.

그러자 데몬이 손을 들어 그를 제지했다.

"아니야. 아직 어르신은 수세에 몰리지 않은 듯해. 그리고 상황이 좋지 않아. 저 상태에서 잘못 휘말리면 끝날 거야."

아닌 게 아니라 원인 모르게 바닥이 푹푹 패이고 있다. 4자루의 검이 일으키는 파동 때문이었다.

저들 모두가 검에서 일으킨 바람만으로 풀과 나무를 가르는 경지에 이른 것이다.

과연 데몬의 지적은 정확했다.

다크 엘프 개개인의 실력은 와룡반점 종업원들이 가늠했던 정도를 뛰어넘고 있었다.

또한 가르데일도 저 셋을 대하며 한 치도 움츠러듦이 없는 전투를 펼치고 있었다.
 어느 순간, 다크 엘프들은 경악에 물들어 필사적으로 옆으로 몸을 날렸다.
 가르데일의 검으로 순식간에 마나가 주입되어 검끝에서 순백색의 광채가 뿜어져 나왔기 때문이다.
 휘황한 광채가 대기를 가르며 굉음을 토해냈다.
 쫘아악.
 패도적인 일격에 자갈이며 흙먼지들이 사방으로 튀겼고, 앞쪽의 땅이 움푹 파여 김이 모락모락 피어났다.
 그 위세에 짓눌렸는지 풀이 숨을 죽였고, 공기마저 얼어붙은 듯하다.
 가히 사람이 벌인 일이라고는 믿기 힘든지 그 일격에 다크 엘프들과 와룽빈점의 종업원들마저도 숨을 죽이고 상황을 주시했다.
 그러나 유독 그에 굴하지 않고 호탕하게 웃음을 터트리는 이가 있었으니.
 "흐하하하! 과연 가르데일이야. 아직 실력이 녹슬지 않았군."
 칭찬도 입에 올린 대상에 따라 다르게 들리게 마련이다.
 마잔베르크의 칭찬이 가르데일의 심기를 심히도 어지럽혔다.

"말장난 그만하고 오너라. 이 약아빠진 놈아!"

진즉에 가르데일은 마잔베르크의 속내를 알고 있었다.

어떻게 해서건 자신의 힘을 소진시키려 다크 엘프들을 투입한 것이다.

그건 과거에나 지금에나 변치 않는 그의 방식이었다.

"그래, 나서야겠지. 안 그랬다간 내 소중한 친위대가 다칠 터이니."

황송하게 허리를 숙이는 다크 엘프들에게 마잔베르크는 대신 다른 지시 사항을 내렸다.

"너희는 떨거지들을 정리하도록. 조심할 게 한 명이 있군."

다크 엘프들은 그 한 명이 데몬이라는 걸 깨우치고 재차 허리를 숙이며 즉시 답했다.

"지엄하신 명을 받들겠나이다."

행동을 정한 마잔베르크는 드디어 발걸음을 옮겼는데, 어찌 된 영문인지 그가 발을 디딜 때마다 땅이 푹푹 꺼졌다.

가르데일과 달리 그는 흘러넘치는 마나의 양을 과시하고 있었다.

마나가 실린 그 무게만큼이나 육중한 음성이 그의 입에서 토해졌다.

"오늘은 끝을 보자꾸나."

가르데일과 마잔베르크.

둘의 키와 체형은 분명 범인에 불과했지만, 타인이 느끼는 존재감은 가히 거인족과 같았다.

 와룡반점의 종업원들은 곧이어 벌어질 전투에 긴장하며 침을 꼴깍 삼켰다.

 그때, 불현듯 데몬이 소리를 내질렀다.

 "막아!"

 놀랄 노릇이었다.

 그 외침이 향한 곳에서 마잔베르크 휘하의 다크 엘프들이 와룡반점의 종업원들을 향해 놀라울 속도로 쇄도해오고 있었기 때문이다.

 판테스가 장검을 빼어들어 가장 앞을 막았고, 그 후미를 보덴과 하만이 보조했으며 율카스는 가장 후방에서 하만 편에 섰다.

 그것은 혹여 모를 사태에 대비해 종업원들이 창안해 연습한 진형이었다.

 천만다행으로 한 다크 엘프의 움직임이 데몬의 흑마법에 의해 봉쇄되었다. 흙에서 솟은 검은 손이 그의 발목을 붙들었던 것이다.

 둘로 줄었다고 하나 다크 엘프들은 두려움도, 거칠 것도 없이 계속해서 거리를 좁혔다.

 이에 데몬이 종업원들을 걱정하며 또 다른 흑마법을 펼쳤다.

바로 캐스팅 시간이 매우 짧은 일루전이었다.

검은 얼굴들이 허공에 십수 개가 그려지며 공포심을 자극했으나, 아쉽게도 이 흑마법은 두 다크 엘프들을 현혹시키진 못했다.

곧 조우할 상황!

판테스가 수직으로 검을 내리그었다.

그러자 반으로 베어질 듯한 다크 엘프의 몸이 물처럼 미끄러지며 판테스의 공격을 피하고는, 검을 쥔 팔이 뱀과 같이 교묘하게 판테스의 가슴팍을 향해 파고들었다.

카캉.

그를 쳐낸 건 하만의 검이었다.

순간을 놓치지 않고, 막내인 율카스가 지면을 박차고 다크 엘프의 목으로 검끝을 들이밀었다.

한 방을 노리는 것이다.

그 모습에 판테스는 속으로나마 탄식을 내뱉었다.

'그렇게 알아듣게 얘기했어도 또 그러는구나. 작은 이득을 얻을 수 있는 기회였거늘.'

꼭 그와 같았다.

체계적인 행동에 이어 이런 공격이 펼쳐지자 다크 엘프는 움찔 놀랐지만, 목으로 파고들어오는 검을 피하기란 어렵지 않았다. 상체를 비트는 것만으로 공격을 무마시킬 수 있었으므로.

재차 율카스가 검을 휘두르자 다크 엘프는 회심의 미소를 지었다.

 분명 이 종업원은 실력이 처지는 편은 아니었지만, 자신에 비해서는 턱없이 모자라다.

 이런 상태에서야 반격할 기회는 얼마든지 있질 않겠는가.

 다크 엘프는 코앞까지 바짝 몸을 밀착시켜 율카스를 어깨로 튕겨 낸 뒤, 떠오른 상대를 향해 가차 없이 횡으로 검을 내리그었다.

 '한 놈은 끝이로군.'

 분명 그리될 것이라 판단 지었다.

 하지만 어찌 된 영문인지 율카스의 몸은 쾌속으로 빠지고 있었다. 판테스가 그 뒷덜미를 잡고 끄잡아 당겼기 때문이다.

 그래도 다크 엘프의 검은 데몬이 애써 둘러준 방어막을 깨뜨리고 율카스의 옷섶을 찢었다.

 살까지 찢겼는지 율카스의 가슴에선 붉은 피가 배어나왔지만, 다크 엘프는 만족할 수 없다는 듯 투덜거렸다.

 "쳇, 가죽만인가······."

 그러는 사이에도 금속음은 쉼 없이 들려왔다.

 깡, 까강.

 어느 틈엔가 보덴에게 하만이 가세하여 다크 엘프를 양 방향에서 압박하고 있었다.

그러나 보덴이나 하만은 그 다크 엘프가 보인 틈으로 파고들어가진 않았다. 두 사람은 엄연히 율카스와는 다른 것이다.

그에 다크 엘프는 칭찬을 아끼지 않았다.

"제법인데. 하지만 셋이라면 어떨까?"

우려대로 처음 데몬의 흑마법에 당했던 한 명의 다크 엘프가 결박에서 풀려나 달려오고 있었다.

순간적으로 판테스들의 얼굴에 당혹의 빛이 스쳐 갔다.

무서운 실력자들을 앞에 두고 피가 흐르는 가슴을 누르며 율카스는 그제야 제 어리석음을 깨우쳤다.

'내가 너무 욕심을 부렸다.'

말은 하지 않았어도 선임 기사들이 자신을 탓하고 있음은 분명할 터였다.

아니, 후에라도 반드시 좀 전의 일을 탓하고 나무랄 것이었다.

꾸지람을 듣더라도 살아야 한다.

이제라도 욕심을 부리는 일이 없어야겠다고 율카스는 재차 각오를 다졌다.

그리고 율카스가 신중한 태도로 돌변하니 4명으로 이루어진 진형은 좀 전과 비교할 수 없을 정도로 효과를 발휘하기 시작했다.

들어오는 적의 검을 쳐내고 역으로 압박하며 한데 몰린 다크 엘프들을 흩어버린 것이다.

 그렇게 호흡이 맞기 시작하자 앞쪽으로 전진까지 가능했다.

 그사이 데몬은 언제든 호위를 받을 수 있는 위치에서 기회를 엿보고 있었다.

 영창은 마쳤으나 캐스팅은 아직이었다.

 확실한 기회를 노리기 위해 시간을 지연시킨 것인데, 형편이 좋지 않았다. 누구나 실수를 하듯 하만이 그만 진형에 역행했고, 그로 인해 치명적인 결점을 내보였던 것이다.

 노련한 싸움꾼답게 지근거리에 있던 다크 엘프가 그 목을 베어버릴 기세로 검을 휘둘러왔고, 하는 수 없이 데몬은 흑마법을 발출시켰다.

 받잡은 지팡이에서 혈관이 뻗어나가듯 검은 줄기 다발이 다크 엘프를 향해 날아들었다.

 그러나 시야에 잡히는 쪽에서 뻗어오는 것인지라 곧 그의 시선에 포착되고 말았다.

 그 즉시 다크 엘프는 검로를 틀어 현란한 손놀림으로 정체불명의 줄기들을 쳐냈다.

 잘려 나간 줄기들은 땅에 닿자마자 부식을 일으키며 바닥에서 메케한 연기를 피어오르게 만들었다.

 하만은 생명의 은인이나 다름없는 데몬에게 감사하다는 인사조차 하지 않았다. 모든 건 생사가 오가는 이 전투가 끝난 이후에 행할 일이었다.

그리고 잔악무도한 흑마법에 다크 엘프는 놀란 가슴을 쓸어내렸는데, 숨을 돌릴 틈도 없었다.

합공으로 2명을 떨쳐 낸 후, 자신에게 4명분의 공격이 몰리고 있었기 때문이다.

종업원들은 일 대 다수의 유리함을 철저히 이어나가고 있었다.

완벽하게 말려들고 있다는 걸 깨달은 다크 엘프들은 눈으로 신호를 주고받고는 그들과 멀찌감치 거리를 벌렸다. 그러면서 생각했다.

'너무 얕잡아 보았다.'

'인정해주긴 싫지만 실력만으로 따지면 우리 노스페 영지의 기사급이다.'

'저놈은 근위대에 들 수도 있겠군.'

마지막은 판테스를 일컬음이다.

솔직히 놀라웠다.

자신들이 하늘로 떠받드는 마잔베르크가 전투를 벌이고 있는 판국이라 말을 섞을 순 없었지만, 분명 다크 엘프들이 느끼는 바는 같았다.

거리를 벌리는 와중에 잠시 고개를 돌리는 여유가 생겼다. 그것은 와룡반점의 종업원들 또한 마찬가지였다.

저마다의 눈으로 얼핏 가르데일과 마잔베르크의 전투가

들어왔다.

 오러를 머금은 검을 맞대었다 떨어지기를 반복하는 두 인물. 저쪽의 전투는 확실히 이쪽과는 격이 달랐다.

 그들의 검이 닿는 곳마다 평지풍파가 일어났다.

 그 움직임들이 어찌나 빠른지 마치 벼룩들이 뛰어다니는 것 같았다.

 거목이 맥없이 꼬꾸라지는가 하면, 바위는 가루가 되어버린다.

 눈 깜짝할 새 허공에서 나타난 이가 지표면에 검이라도 박을 시에는 여지없이 부근의 땅이 들썩거렸다.

 그 광경을 목격하는 이들은 그것을 당연시했다. 한계를 뛰어넘은 인물들의 결투이니 그러려니 했던 것이다.

 다만 초조함은 양쪽 모두에게 있었다.

 서도록 어마어마한 파괴력이라면 한 번의 실수로도 목숨이 오갈 수가 있었으므로.

 '서둘러 도와야 한다.'

 같은 생각을 가지며 두 패는 곧 재격돌했다.

 검과 검이 맞부딪치고, 가공할 흑마법이 펼쳐졌다. 역시나 다크 엘프들에게 가장 큰 걸림돌은 데몬이었다.

 검은 불덩이에 어깨를 격중당한 다크 엘프는 상처를 부여잡고 지독한 신음성을 흘렸다.

 "크윽."

동료들이 보기에 그의 부상은 심각했다.

두 발로 서 있을 수 있다는 게 신기할 정도다. 마른 지푸라기처럼 어깨가 타들어가고 있질 않은가.

평범하지 않은 종업원들에 이어 어째서 저런 괴물급의 흑마법사가 와룡반점에 있는 건지 다크 엘프들은 도무지 알 수가 없었다.

단지 수수께끼 같은 이 상황을 어떻게 해서건 타개해야겠다고 각오를 굳힐 뿐.

"보통 녀석이 아니다."

"저 녀석을 없애지 못하면 끝나는 건 우리다."

비록 동료가 부상을 입었다고는 하나 흑마법사만 없다면 해볼 만한, 아니 충분히 승산이 있는 싸움이었다.

종업원들의 합공에는 패턴이 있었기에 시간을 두고 상대한다면 머잖아 깨우칠 것이기 때문이다.

그런데 그 모든 가능성을 흑마법사가 막아서고 있으니, 다크 엘프들은 데몬을 노리는 데 혈안이 되었다.

그들 정도 되는 검사가 작정을 하고 달려드니 판테스들도 난감했다.

데몬을 보호하느라 벌써 여러 차례나 진형이 무너지기를 반복했다.

물론 저들에게 자잘한 상처들은 입힐 수 있었다. 하지만 거의가 다 찰과상이었으니 이를 득이라고 여길 수도 없는 처지였다.

 움직임이 많아지며 기어이 율카스의 호흡이 거칠어졌다. 체력이 한계에 다다라 숨을 몰아쉬는 것이다.

 이어서 하만이, 다음으로 보덴이 지쳐 갔다.

 겉보기로는 우세했지만 판테스는 이미 낙담을 하고 있었다.

 '이 상태라면 우리가 진다.'

 상황은 더욱 악화 일로로 치달았다.

 하만과 율카스, 그리고 보덴과 자신 이렇게 두 패로 갈려 버린 것이다.

 데몬의 자리 선정도 그다지 좋지 못했다.

 하지만 그에게는 최악의 상황에서 자신의 목숨을 부지할 정도의 흑마법이 있었다.

 어둠의 마나가 많이 소모되는 일일 테지만, 마나 소모를 극심하게 하지 않은 지금은 그것을 펼치기에 부속함이 없었다.

 다만 함께한 종업원들이 걱정이었다.

 '이것 참 골치 아프게 됐군. 어쩐다? 나 혼자 그림자 속으로 숨어들면 필연코 종업원들이 다칠 것을······.'

 가장 큰 문제는 상대인 다크 엘프들이 숨을 돌릴 틈도 안 준다는 점이었다.

 데몬은 저들이 대륙 어디에 내놔도 부끄럽지 않을 정도의 실력을 가지고 있다고 판단했다.

초조함과 불안함이 극에 달하자 판테스는 다른 방향에 넌지시 기대를 걸었다.

'사장님께서는 아직 안 오시는 걸까? 오실 때가 된 것 같은데……'

바로 샨과 함께 은행에 간 동칠의 귀환이었다.

그가 동칠에게 기댈 생각을 하는 건 무척이나 이례적인 일이었다. 그만큼 상황이 좋지 않다는 의미였다.

한편, 다크 엘프들은 데몬을 쫓으면서도 변동적인 상황을 주시했다. 종업원들이 지친 기색을 내보이고 있었기 때문이다.

역시나 수십 차례 종업원들의 방해 공작에 휘말린 다크 엘프가 동료 다크 엘프에게 빠르게 따라붙으며 귀엣말을 건넸다.

"계획을 변경한다. 이놈들이 눈엣가시다. 흑마법사의 처리는 그 후에."

같은 생각인지 두 다크 엘프들은 순차적으로 고개를 끄덕였다.

어깨에 심각한 부상을 입은 다크 엘프가 불쑥 몸을 돌려 압박해오던 판테스에게 무기를 들고 뛰어듦으로써 제일 먼저 일을 벌였다.

비록 예측치 못한 행동이고 현란한 손놀림이었지만, 부상으로 체력이 급격히 저하된 그를 판테스가 감당하는 데는 무리가 없었다.

 문제는 동시에 하만에게 뛰어든 가장 팔팔한 다크 엘프였다.

 데몬은 손을 쓸 여력이 없었다.

 그 또한 다른 다크 엘프에게 압박을 받고 있는 상태였기 때문이다.

 부지불식간에 난립한 다크 엘프를 감내하지 못하고 하만은 뒤로 죽 밀려만 났다.

 가장 믿던 판테스가 발이 묶여 있고, 율카스와 보덴도 힘이 빠진 상태라 데몬과 하만 둘 다 지켜 줄 수는 없었다.

 하만이 다크 엘프와 벌이는 사투의 현장으로 보덴이 뛰어들려 했지만, 판테스의 격노한 소리가 그에게 다다랐다.

 "데몬 님을 지켜라!"

 그는 알고 있었다. 하만과 데몬 중 징직 사장님에게 더 필요한 사람은 데몬이라는 걸.

 억울하고 분통한 일이지만, 지금은 한 사람밖에 지키지 못할 상황이었다.

 거리가 멀어지는 관계로 둘 중 한 사람은 포기해야 한다는 말이었다.

 누구도 끼어드는 이가 없자 다크 엘프는 맹공을 가하며 하만을 파죽지세로 몰아붙였다.

삽시에 하만의 살이 찢어지고, 신체 부위 여기저기에서 피가 튀었다.

이마저도 능력 이상을 발휘해 최대한의 방어를 행했기에 줄일 수 있었던 피해였다.

손목이 저릿저릿 저려 오는가 하면, 온몸의 근육이 비명을 질러댔고 뼈마디가 끊어지는 듯 아팠다.

운명을 직감했음에도 하만은 어느 누구에게 불평할 생각이 없었다.

'최대한 시간은 벌어주겠다. 나 하나로 끝나길······.'

사는 동안 좋았던 기억들······. 특히 와룡반점에서의 추억이 주마등처럼 스쳐 갔다.

지금 한이 있다면, 생의 마지막에 사장님을 보지 못한다는 것이었다.

그때, 불현듯 아래에서 위로 솟구치는 희멀건 물체가 눈에 들어왔다.

다크 엘프의 변화무쌍하게 휘둘러진 검이다.

하만이 두 손으로 움켜쥔 검으로 막았지만, 워낙 강대한 힘이었던지라 하만의 몸은 의지와는 상관없이 허공으로 떠올랐다.

운이 없게도 검까지 놓쳐 버렸다.

게다가 공중에선 몸이 자유롭지 못하니, 하만은 그야말로 절체절명의 위기에 빠져 있었다.

더 이상 방어할 수단이 없는 나머지 하만은 다크 엘프의 몸이 솟구치는 것을 보며 눈을 질끈 감았다.

그와는 반대로 다크 엘프는 입가에 옅은 미소를 떠올리며 호쾌한 음성을 터트렸다.

"이걸로 한 놈 처리다!"

그러나 그보다 높은 곳에서 다른 실루엣이 떨어지고 있었다.

은빛으로 번들거리는 쇳조각을 움켜쥔 채 하강하는 대상……. 다름 아닌 샨이었다.

그녀는 자신의 단도로 솟구치던 다크 엘프의 머리 위를 그대로 내려찍었다.

차마 확인할 수 없었던지, 아니면 눈치를 채고도 하만을 죽이는 걸 우선순위로 매겼던지 다크 엘프는 살수를 거두지 않았다.

그리고 다크 엘프가 하만을 베는 것보다 샨의 단검이 내려찍히는 게 더 빨랐다.

과연, 다크 엘프의 정수리에서 검붉은 혈흔이 튀었다.

푸확!

이윽고 그녀는 추락하는 다크 엘프의 목 언저리를 발로 차고 안전하게 땅에 착지했다.

고양이처럼 유연한 몸놀림이었다.

나동그라진 다크 엘프는 부상이 극심한지 몸을 부들부들

떨 뿐 좀처럼 일어서지 못했다.
 한 명은 어깨에 부상을 입고, 다른 한 명은 치명상을 입었다. 예기치 못한 그녀의 등장으로 상황이 역전되어버린 것이다.
 더불어 종업원들은 화색까지 지을 수 있었으니, 그녀와 함께 갔던 대상을 떠올림에서였다.
 "사장님은?"
 "와 계셔."
 종업원들은 이제 이 악전고투의 승리를 자신하고 있었다.

 샨이 도착했듯 역시나 동칠도 와 있었다.
 그는 가르데일과 마잔베르크, 그 둘의 전투에서 눈에 보이지 않는 알력을 행사하는 중이었다.
 마잔베르크가 가르데일의 공격을 퉁겨 내고, 반격으로 묵직한 오러 블레이드를 휘둘렀을 때였다.
 '크윽, 몸이 제멋대로…….'
 이상하게 다리가 휘청거리며 검신이 바닥을 찍었다.
 상대가 상대인 만큼 힘을 많이 소진했다고는 하나, 아직 다리가 풀릴 단계는 아니었다.
 근방에 검은 머리카락의 젊은 청년이 와 있음은 진즉에 간파했다.

하나, 저자는 자신과 제법 떨어진 거리에 위치해 있질 않은가.

저자가 반경 안으로 들어서면 신경 써야겠지만, 아직 의식할 필요는 없는 것이다.

하여, 마잔베르크는 몸이 제멋대로 움직이는 걸 단지 기분 탓이라 여길 수밖에 없었다.

마잔베르크가 몸을 추스르고 다시금 가르데일과 검을 섞어갔으나, 그러한 일은 또 일어났다.

이번엔 팔이었다.

후웅.

헛손질도 이런 헛손질이 없었다. 애꿎은 허공에다 검을 휘둘러버린 게 아닌가.

기회를 놓치지 않고 가르데일이 그 복부에다 발차기를 꽂아 넣었다.

퍽.

"끄윽."

마잔베르크의 상반신이 굽혀지며 신음 소리가 내뱉어졌다.

그 와중에서도 마잔베르크는 곧 등으로 가르데일의 일검이 날아들 것이라 예측하고 혼신의 힘을 다해 몸을 옆으로 내던졌다.

'어째서……?'

의혹이 가라앉기도 전!

허공에 몸을 둔 그 상태에서도 이상한 힘이 가해져 의지와는 상관없이 몸이 볼썽사납게 착지하여 땅바닥에 데굴데굴 굴렀다.

노스페 평야의 지배자의 꼴이 말이 아닌 것이다.

먼지를 잔뜩 뒤집어쓴 뒤, 성이 난 얼굴로 일어난 마잔베르크는 허공에다 소리쳐 물었다.

"누구냐!"

마잔베르크는 결투에 개입한 대상이 당연히 사람이 아닐 것이라 믿었다.

이에 동칠은 안면에 초조한 기색을 떠올렸다. 들키면 그야말로 곤란한 것이다.

의문의 힘을 깨달으면서부터 동칠 자신이 강해진 건 진즉에 알고 있었다.

하지만 적이 가르데일처럼 초인적인 힘을 발휘하니 표적이 되었다가는 위태해질 수 있다고 여겨졌다.

아까 전부터 보아오질 않았던가.

바위가 가루가 되고 땅이 쩍 벌려지는가 하면 굵은 나무들이 맥없이 꼬꾸라지는 경우를.

늘 가르데일은 동칠한테 자신 이상의 힘을 가지고 있다고 떠들어댔지만, 동칠은 그 말을 곧이곧대로 받아들일 수 없는 입장이었다.

가끔 기가 찰 일을 행한 게 자신이라고 입 모아들 얘기하긴 해도 그건 의식이 없을 때 얘기다.

믿기는 해도, 기억 못하는 일에 대해 자신감을 가질 수는 없는 것이다.

또한 눈으로 포착하기 힘들 지경으로 움직이는 저자라면 의식이 사라지기 전 자신의 몸뚱이를 베는 일도 가능할지 몰랐다.

실상 동칠이 가진 가장 치명적인 단점이 거기에 있었다.

감정의 역행, 그리고 분노 등을 느껴야 염력이 표면으로 나오기 때문이다.

마잔베르크 정도의 실력자가 그 힘이 깨어나기 전에 동칠을 해쳐야겠다고 마음만 먹는다면 무리 될 게 없다는 뜻이었다.

"누구냐고 물었다!"

동칠은 찔끔했지만 굳게 입을 닫고 망부석처럼 제자리에 서 있었다. 힘을 행사한 게 자신이라는 걸 들키지 않기 위해서였다.

몇 차례나 아무도 답해주지 않는 데 대해 열이 뻗친 마잔베르크는 와락 인상을 구기고는 검을 고쳐 잡았다. 그러자 다시금 오러가 검끝으로 불쑥 나타났다.

한달음에 가르데일에게 이를 것 같던 마잔베르크는 또 신체에 이상이 생김을 느꼈다.

그러나 이번에는 다를 것이었다.

그는 가르데일에게 짓쳐드는 것을 관두고 빠르게 주변을 훑었다.

그에 짚이는 대상이 있었다. 염력을 행사하고 손을 미처 내리지 않은 동칠이었다.

마잔베르크는 자신이 너무 가르데일을 의식했던 탓에 저 흑발의 청년이 마법을 영창하는 소리를 못 들었다고 오인했다.

그래서인지 더욱 격한 목소리가 터졌다.

"네놈이로구나!"

파고드는 그 시선이 동칠에게는 귀신의 시선만큼이나 섬뜩하게 느껴졌다.

독한 그 눈에서 뿜어져 나오는 살기에 온몸의 털이 쭈뼛쭈뼛 곤두서는 것만 같았다.

그러나 마잔베르크가 동칠을 향해 살수를 펴는 것보다 가르데일의 웃음이 터져 나오는 게 먼저였다.

"껄껄껄."

의미 모를 그 웃음은 마잔베르크의 기분을 영 거스르는 일이었다.

"미친놈, 왜 웃는 거냐?"

"크크큭, 네놈이 불쌍해서 그런다."

말뜻을 알아듣지 못한 마잔베르크는 미간을 좁혔다. 그에 가르데일은 친절하게도 부연 설명까지 덧붙이고 있었다.

"이거야 원, 멋모르고 까불던 늑대가 호랑이를 만난 꼴이군."

일순 마잔베르크의 사고가 복잡해졌다.

말하는 투로 보아 자신을 호랑이로 지칭하는 것 같지 않아서였다.

"호랑이? 내가 늑대고 저자가 호랑이란 말이냐?"

치떠진 마잔베르크의 눈을 직시하며 가르데일은 조소를 퍼부었다.

"두 번 말하면 잔소리지. 네놈은 오늘 세상이 얼마나 넓은지 몸소 체험하게 될 거다. 물론 그 체험이 네놈의 마지막이 되겠지만."

그 이죽거림엔 결코 허풍이 담겨 있지 않아 보였다.

가르데일이 지칭한 저자가 도대체 얼마나 강하기에?

적이라고는 하나, 마잔베르크는 가르데일이 헛소리나 지껄이는 사람이 아니라는 걸 알고 있었다.

과거에도 그의 입에서는 절대 빈말이 나오지 않았었다.

'검조차 차지 않은 저 이방인이 위험하다는 것인가?'

꼭 마잔베르크의 눈이 동칠의 허리춤을 훑고 있자, 가르데일은 그럴 줄 알았다는 듯이 혀를 끌끌 찼다.

"그는 검 따윈 필요치 않아. 설마 네놈이 대륙 최강자라 자부했던 것은 아닐 테지? 우물 안 개구리가 따로 없군. 쯔쯧."

띄워주기가 극심하다.

더 우스운 건 마잔베르크가 가르데일의 말만으로 좀 전에 비해 상당히 주눅이 들어 있다는 점이었다. 별다른 기운조차 느껴지지 않는 저 동칠을 보면서 말이다.

 하지만 마잔베르크는 가르데일의 말만 믿고 굴할 순 없었다. 저자가 가르데일의 눈에는 어떻게 비쳐졌을지 몰라도 자신에게는 아직 실력이 확인조차 안 된 자가 아닌가.

 동칠의 눈치를 살피던 마잔베르크는 느닷없이 발아래 있던 돌을 가볍게 걷어찼다. 상대를 하려면 우선 그가 지닌 힘의 종류와 크기를 대충이라도 가늠해보아야 했기 때문이다.

 그렇게 동칠을 향해 날아가던 돌은 어느 순간 멈췄다. 딱 동칠의 눈앞에서였다.

 동칠을 예의 주시하던 마잔베르크의 입이 찢어져라 벌어졌다.

 "마, 말도 안 돼!"

 유심히 살폈건만 그는 입술조차 벌리지 않았다. 말인즉, 영창을 하지 않았다는 이야기가 된다.

 이는 두 가지로 축약할 수 있었다.

 용언 마법이거나, 아니면 검술의 극의를 깨달은 자!

 애초에 염력이란 것이 세상에 널리 퍼졌다면 모르겠지만, 이 넓은 대륙에 염력을 구사할 수 있는 사람은 동칠 한 명뿐이었다.

 그러니 생각이 두 가지로 좁혀졌던 것이다.

가르데일의 말이 빈말이 아니었다고 판단이 되니 마잔베르크도 한발 물러서 생각해보는 수밖에 없었다.

'이대론 가망이 없다. 어느 경우라도 나에게 이롭지 못하다.'

드래곤이 아니라 한들, 마잔베르크가 보기로 동칠은 괴물 자체였다.

손 안 대고 돌을 멈출 수 있는 능력을 가졌다면 자신이 추측 못한 여러 가지 일도 가능할 것이기 때문이다.

게다가 둘이 합공을 한다고 가정하니, 상황은 더없이 나쁘게만 여겨졌다.

"가르데일 이놈! 두고 보자!"

가르데일에게 저러한 협력자가 있음에 마잔베르크는 그 말만을 남긴 채 자신의 친위대와 함께 퇴각했다.

가르데일이 그를 눈감아주지는 않았지만, 작심하고 도망치는 마잔베르크를 쫓기란 어려운 일이었다.

무엇보다 동칠이 협조를 않았다.

동칠 입장에서는 한 걸음에 6, 7미터씩 뛰어버리는 마잔베르크를 잡는 게 무리한 일이었던 것이다.

와룡반점에서 멀어지면서도 마잔베르크의 머릿속은 더없이 혼란스러웠다.

'저자는 대체 가르데일과는 무슨 사이지? 우연히 만난 걸

까? 아니면 알고 지내던……?'

그는 동칠이 와룡반점의 사장이라는 걸 알 수 없었다.

여기서 식사를 할 때, 동칠은 주방에서 요리를 하고 있었기 때문이다.

우선순위도 헷갈렸다.

가르데일도 장래에 걸림돌이 될 테지만, 정체불명의 흑발의 사내의 힘은 더 무시할 수 없다.

그렇다고 자신보다 강할지 모르는 그를 먼저 상대하기도 꺼림칙했던 것이다.

큰소리를 쳐 놓고 물러선다는 게 수치였지만, 상황이 좋질 않았다.

'방법이 없는 건 아니다. 영지로 돌아가 병력을 더 불러온다면 이 사태를 타결할 수 있으리라.'

참으로 애석한 일이었다.

친위대가 종업원들만 일찌감치 물리쳤으면 힘을 합쳐 우선적으로 가르데일을 제압할 수 있을지도 몰랐다. 그리고 이후에 등장한 정체불명의 청년과 싸워보았으리라.

하지만 자신 혼자서 저 둘을 상대한다는 건 그야말로 자살행위였다.

오늘의 실패가 이쪽의 병력이 부족했던 데 있다고 여긴 마잔베르크는 그렇게 다짐을 굳혔다.

이렇다 할 큰 부상을 입은 식구들은 없었지만, 와룡반점 내의 분위기는 무거웠다.

"다시 올 겁니다."

"그렇겠지."

"어쩌실 겁니까?"

"……."

이어지는 데몬의 질문에 가르데일은 침묵했다. 그도 예전의 악연이 지금으로 이어질 줄은 몰랐다.

정작 문제는 마잔베르크가 오늘로 끝낼 게 아니라는 점이었다.

지독할 정도로 집요한 위인이 마잔베르크였다.

무언가 특별한 계기가 없고서는 계속해서 또 오고 또 올 것이라 가르데일도 난처했다.

본인이 떠나 있다고 풀릴 문제도 아니다.

그랬다간 오늘 전투에 참관한 종업원들부터 보복으로 죽어나갈 테니까.

방관할 수도 없고 물러서서도 안 되는 입장. 난감함에 가르데일은 입술을 비죽 내밀었다.

도통 방법이 떠오르지를 않는다.

그 와중에 당연한 질문을 산이 하고 있었다.

"다음엔 더 많은 사람들을 데려오겠죠?"

"그렇겠지."

"그럼 우리도 사람을 더 불러야 하는 거 아니에요?"
"그렇잖아도 불러놓았네."
샨에게 가르데일이 답변을 주는 걸 듣고는 데몬이 제동을 걸었다.
"섀도우 소더 정도면 그 작자도 알고 있지 않겠습니까?"
"알겠지……."
데몬은 고개를 젓더니, 마지못해 입을 떼었다.
"역시 교단에서 사람을 불러와야겠습니다."
"자네에게 손 빌리고 싶은 생각 없네."
"아까도 빌리셨잖습니까!"
"누가 도와달랬나?"
어느새 두 사람은 언성을 높이는 걸로 모자라 의자에서 엉덩이를 반쯤 떼어 서로를 잡아먹을 듯 노려보고 있었다.
먼저 앉는 건 가르데일이었다.
그는 무척이나 아쉽다는 듯 중얼거렸다.
"쩝, 심복들만 근처에 있었으면 그 자리에서 마잔베르크 녀석의 끝을 볼 수 있었을 텐데……."
"종업원들과 제가 모자랐다는 겁니까? 아, 동칠도 있었군요."
동칠이 거론되니 가르데일은 억지로 웃어가며 잽싸게 말을 바꾸는 비굴함을 내보였다.
"허허, 말이 그렇게 되나?"

사실 속마음이야 가르데일이 가장 원망하던 대상은 동칠이었다.

동칠 정도가 독하게 마음만 먹었다면 마잔베르크를 필연코 요리할 수 있었을 것이라 착각해서였다.

그러나 동칠은 나름 최선을 다했다.

여러 차례 마잔베르크를 내던지려 시도했던 그였다.

하지만 소드마스터가 그리 만만한 존재던가? 맨 정신의 동칠이 할 수 있는 정도는 그저 균형이 흐트러진 틈을 타, 팔이나 다리를 흔드는 정도였다.

자버를 상대했을 때보다 염력이 진보했다고는 하지만, 패도적인 힘을 담고 있는 마잔베르크를 흔드는 일은 그만큼 어려웠던 것이다.

동칠 딴에는 그 정도도 잘했다는 얘기다.

또한 마잔베르크는 영악해서 아니다 싶으면 내빼고는 한다. 그 점은 가르데일 역시 인지하고 있던 부분이 아니던가.

고쳐 생각해보니 마잔베르크가 달아난 건 동칠이 나타난 후였으므로 그다지 동칠을 탓할 것만도 못 되는 듯했다.

자연히 화살은 고스란히 마잔베르크에게 돌려졌다.

"약삭빠른 녀석. 사내놈이 죽을 자리가 겁나 도망을 치다니."

어쩌면 그것은 마잔베르크의 장점일 수도 있었다.

그 같은 상황 판단력이 없었다면 세상과 척을 많이 진 그가 아직까지 살아남아 있지 못했을 테니까.

하지만 아직 가르데일이 모르고 있는 사실이 있었다. 문밖에서 들리는 낯선 이의 목소리가 그걸 일깨워주었다.

"얕잡아 보면 곤란할 것이오. 그는 노스페 평야의 지배자이니."

모습은 보이지 않았다. 현관문 바깥의 벽 뒤에 숨어 있었기 때문이다.

그 정체라도 확인해보고자 샨이 슬그머니 일어서려는데, 그가 부탁했다.

"일어서지 말아주시오. 내 호의를 이런 식으로 갚아서야 안 되지 않겠소. 나 또한 그로부터 목숨을 부지하고 싶소이다."

그도 마잔베르크가 두렵다는 이야기다.

흘러드는 음성에 가르데일이 가늘게 눈을 뜬 채 물었다.

"사정을 잘 아는 인간 같군. 그래, 우리한테 그 얘기를 하는 이유는?"

"와룡반점의 안전을 위해서요."

"어째서?"

"그의 손아귀에 들어가도록 방관하고 싶지 않소이다. 그렇게만 알아두시오."

밤처럼 시커먼 옷으로 전신을 가린 후, 눈과 입 부위에 구멍만 뚫은 복면을 걸친 채로 마잔베르크에 대한 정보를 흘리는 이 사람은 페노멘 자작이 보낸 자였다.

그는 마잔베르크가 오늘 별 수확 없이 돌아간 걸 깨닫고 재빨리 이쪽으로 편승을 시도한 것이다.

어쩌면 이 일을 빌미로 페노멘은 괜찮은 줄을 얻을 수도 있었다. 마잔베르크가 완벽히 패한다는 전제하에서 말이다.

저쪽이 밝히기를 곤란해하니 가르데일도 배후를 캐내는 건 그만두었다. 때가 되면 어련히 밝히겠지, 하는 생각에서였다.

대신에 그는 다른 걸 물었다.

"그가 어떻게 내가 이곳에 있는 걸 알았지?"

그러자 순순히 대답이 들려왔다.

"귀공처럼 고강한 검술을 가지신 분을 알아보는 이도 적지 않을 것이라 생각하오."

듣고 보니 일리가 있는 말인지라 가르데일은 그에 대한 의심도 거두어들였다.

그리고 문밖의 인영은 단 한마디만을 남기고 돌아섰다.

"준비를 단단히 하는 게 좋을 것이오. 오늘은 물러갔지만, 노스페 평야의 지배자는 그리 호락호락하지 않을 터이니."

무거워진 분위기 속에서 데몬이 낮은 음성으로 말문을 열었다.

"적이 좋지 못하군요."

문득 보덴이 질문했다.

"노스페 평야가 어떤 곳입니까?"

데몬이나 가르데일에 비해 종업원들은 대륙의 정세에 어두웠다.

데몬은 자신이 알고 있는 바를 그대로 이야기했다.

"원래는 패망한 룸부룩 왕국의 땅이야. 몇 해 전, 나는 그곳에 발을 디딘 다크 엘프들이 있다고 들었지. 물론 그곳을 지배하는 게 마잔베르크란 다크 엘프일 줄은 몰랐어. 또한 그 마잔베르크라는 작자가 어르신과 척을 진 사람이라는 것도 몰랐고."

가르데일은 데몬의 말이 영 못마땅했다.

"그렇게 콕 집어서 말해야겠나?"

"사실을 가려 얘기할 순 없잖습니까."

가르데일도 데몬의 언사를 더 문제 삼을 생각은 없었다. 그 또한 마잔베르크가 노스페 평야의 지배자라는 대목에서는 조금 놀랐으므로.

문제는 데몬이 설명해주지 않은 부분에 있었다.

어지간한 소왕국쯤은 쑥대밭으로 만들 수 있는 힘이 그들에게 있다는 것!

다른 이들에게까지 두려움을 심어주지 않으려고 데몬은 힘을 준 눈으로나마 가르데일을 다그쳤다.

'어쩌실 겁니까?'

가르데일도 자신의 눈에 의사를 실어 보냈다. 그에는 다소 고집이 담겨 있었다.

'내 일이니 관여치 말게.'

이제는 내내 침묵하던 동칠이 입을 열었다.

"다시 온다고 했는데, 그땐 더 많은 사람들을 데리고 오겠죠?"

당연한 얘기였다. 동칠까지 나서니 가르데일은 실색이 되었다.

"내 부하들을 부르겠네. 전에 보았지? 자랑으로 들릴지 모르겠지만 그들은 실력 하나는 일품일세."

답답한 나머지 데몬이 상체를 길게 빼어 가르데일의 귀에 속삭이듯 따졌다.

"섀도우 소더들은 그자도 알 거 아닙니까?"

"전과는 달라."

"뭐가 다르다는 말입니까? 오늘은 몰랐다 쳐도 다음엔 적어도 그 이상의 준비는 해올 거 아닙니까? 이렇게 된 것, 제가 교단에서 사람들을 부르겠습니다."

"그래주겠나?"

웬일로 가르데일이 자존심을 굽히자 데몬은 머쓱히 웃고 말았다.

사실 가르데일은 마잔베르크와 싸울 수 있는 여력이 있었다.

치고 빠지는 식의 작전으로 충분히 놈을 피곤하고 힘들게 만들 수 있었지만, 지금은 짐이 있다.

와룡반점이 그것이었다.

와룡반점을 버리고 놈과 싸우려면 몇 해는 훌쩍 지나가버릴 터였다.

게다가 오히려 이 일은 기회가 될 수도 있었다. 동칠을 관찰할 절호의 기회 말이다.

※ ※ ※

유독 만드라고라를 귀여워하던 샨이 큰마음 먹고 푹신한 침대를 선물했다.

샨 자신의 사비를 들인 것이다.

그 외에도 샨은 방 꾸미기에서 세세한 것까지 신경 써주어 아늑한 분위기가 물씬 풍겼다.

그녀 또래의 예닐곱 소녀들이 보았다면 무척이나 좋아할 만했다.

하지만 만드라고라는 주방에 오래 틀어박혀 있던 탓인지 이 공간이 낯설기만 했다.

아직도 적응이 안 되었는지, 신기해하는 눈으로 방 이곳저곳을 돌아보던 그녀는 문득 창틀에 양손을 짚고 까치발을 들어 창밖을 바라보았다.

창 너머 숲의 전경은 아름답기만 하다.

초목들도 그녀가 봐주는 걸 아는지 반갑다고 손짓하듯 열심히 이파리를 흔들었다.

만드라고라와 함께 머물게 된 헤즐링은 원형 쿠션 위에 꼬리로 몸을 동그랗게 말고 누운 채 눈꺼풀만 들어 그녀를 응시했다.

'각성을 못했을 수도.'

그는 그렇게 생각했다.

인간, 오크, 그 외 유사 인종에 의해 숲이 망가지는 것을 염려하여 천 년마다 한 번씩 깨어나는 만드라고라 여왕!

자연히 그녀가 가지는 힘이란 인간들로서는 상상도 못할 크기였다.

숲의 정령왕과 더불어 숲의 유지를 이어받은 만드라고라 여왕이 이런 생활을 하리라고는 도저히 짐작 못한 탓에 헤즐링은 그녀에게도 자신과 비슷한 사연이 있을 것이라 판단했다.

-그대는 여기 왜 와 있는 거지?

주인의 말소리는 아니었지만 분명 누군가의 의사가 전해졌기에, 만드라고라는 미소 짓던 낯도 지우고 좌우로 고개를 돌렸다.

그 광경에 헤즐링은 그녀가 자각을 못한 상태라고 단정 지었다.

-이 공간에서 당신과 함께 있는 내가 말을 걸었다오.

그제야 만드라고라의 시선이 헤츨링에게로 향했다.

좀 전의 생각이 확실히 굳어지자 헤츨링은 한심한 눈초리를 하고 그녀에게 물었다.

-그대는 본인의 정체를 아시오? 왜 여기 머물고 있지? 당신이 있어야 할 곳은 이곳이 아닐 텐데.

의사를 어떻게 전해야 좋을지 몰라 갈팡질팡하던 만드라고라.

헤츨링이 조언이라도 해줄 차에 놀랍게도 만드라고라에게서 같은 형식으로 의사가 전해졌다.

-나는 그런 말 몰라. 주인님이······.

만드라고라 여왕이 자각을 시작했다는 데에 헤츨링은 귀밑까지 찢어진 긴 입꼬리를 말아 올렸지만, 여전히 못마땅한 점은 남아 있었다.

-만드라고라 여왕이 한낱 인간에게 주인이라니······. 이웃집 드래곤이 웃겠군.

그 같은 존재들에게 인간들은 하찮은 미물일 뿐이었다.

이 점에서는 드래곤과 만드라고라의 입장이 달랐다.

드래곤들은 하나같이 강력한 힘을 가지고 있었던 데 반해 만드라고라들은 그렇지 못했다.

만드라고라들은 지배자라기보다 숲의 일원에 불과하다. 단지 그들 편에선 천 년마다 한 번씩 출현하는 만드라고라 여왕이 존재했을 뿐이다.

이 세상에 생명체를 창조한 신들은 만드라고라가 식물과 동물의 중간체인 만큼 누구보다 조율을 잘할 것이라 믿고 만드라고라 여왕을 탄생시켰다.

자연히 세상을 오시하는 드래곤들도 그 힘을 무시 못 하는 것이다.

그런 만드라고라 여왕이 인간의 명령을 받고 움직이는 게 헤츨링의 눈에는 한심하기 짝이 없을 수밖에.

그가 지닌 불만은 바로 거기에 있었다.

-그렇지만 난 양파가 좋은데.

워낙 엉뚱한 말에 헤츨링은 어처구니가 없었다.

-그대가 마음만 먹으면 그런 건 어디에서나 구할 수 있소. 아무리 세상의 진귀한 것이라도 다양한 생명체들이 그대의 발아래 가져다 바칠 것이오.

어쩐지 허황된 듯도 했지만, 그 유혹에 난생 처음으로 만드라고라는 고민이라는 걸 하기 시작했다.

❋ ❋ ❋

서탁 위에는 서류들이 산더미처럼 쌓여 있었다.

신관 르웰에게는 눈코 뜰 새 없이 바쁜 나날의 연속이었다.

작성된 서류를 꼼꼼히 살펴보고 결재를 하는 게 그의 주된

업무였다.

 단순노동이었지만, 한자리에 오래 앉아 하는 일이어서 그런지 르웰은 쉽게 피로감이 밀려왔다.

 그러나 그는 자리를 뜰 수 없었다. 이것들은 오늘 모두 끝마쳐야 하기 때문이다.

 급기야 그 입에서 불평이 쏟아졌다.

"해도 해도 끝이 없군."

 뻐근해진 목을 돌리고 어깨를 한 번 펴는 것으로 휴식을 마치고, 르웰은 다음 서류를 꺼내어 살폈다.

 그로부터 몇 장을 더 보기도 전에 눈이 가물가물해지는가 싶더니 이내 고개가 저절로 끄덕거려지기 시작했다.

 그때, 졸고 있던 그의 귀로 벼락과도 같은 소리가 들려왔다.

"르웰 신관님!"

 귀청이 떨어져 나갈 듯한 소리에 깜짝 놀라 르웰은 자리에서 벌떡 일어섰다.

"네, 넵!"

 정면을 향한 시선엔 들어오는 대상이라고는 없었다. 소리를 친 대상인 사내가 바로 옆에 있었기 때문이다.

 사내도 잘못을 깨달은 모양이었다.

"저, 접니다."

 목소리의 정체를 깨달은 르웰은 그를 향해 바락 구긴 인상을 돌렸다.

"심장이 멎는 줄 알았잖아!"

"죄송합니다. 워낙 긴급한 사안이라……."

"긴급?"

"예. 다름이 아니오라 파타마 신전에 있는 잔트 신관이 큰 사고를 친 모양입니다."

"잔트? 잔트가 왜?"

사제의 말에 르웰은 예민한 반응을 보였다.

그도 그럴 것이 잔트와 르웰은 둘도 없는 막역한 친구 사이였기 때문이다.

한동네에서 자란 죽마고우에다가 아카데미도 함께 수료했으며, 걷는 길도 같았다.

르웰의 집무실로 찾아온 사제도 그 사실을 알고 있던 바라 이 같은 호들갑을 떨었던 것이다.

르웰의 재촉에 사제는 달싹거리던 입을 열었다.

"일언반구도 없이 신전을 떠난 모양입니다. 이미 파타마 신전은 발칵 뒤집힌 상태랍니다."

그 뚱딴지같은 소리에 르웰의 눈이 휘둥그레졌다.

"떠나? 왜?"

"그, 그게 이교도와 눈이 맞아……."

전혀 짐작치도, 예기치도 못한 말이 사제로부터 흘러나오자 르웰은 퍼뜩 정신이 들었다.

"눈이 맞다니? 어째서? 왜?"

점점 집요하게 묻고 있다. 하지만 사제가 대답할 수 있는 데는 한계가 따랐다.

"제가 그 자리에 있지 않아 자세한 사정은 모르겠습니다. 다만 그렇게 알고 있습니다."

끔찍이 여기던 친구가 악의 구렁텅이로 빠졌다. 물론 문제는 그게 아니었다.

정작 문제 될 대상들이 어른거리자 르웰의 눈알은 황망히 굴러다녔다.

'상부에 이같이 불미스러운 일에 대한 보고가 올라간다면……?'

신성 제국의 규율은 엄격했다. 그 잣대에 맞게 잔트의 목숨은 그날로 끝날 것이었다.

뜨거운 불에 타들어가는 잔트의 모습이 연상이라도 되었는지 르웰은 두려운 음성을 흘렸다.

"그래서는 안 돼. 이봐, 이 일 누가 또 알지?"

"아직까지는 파타마 신전의 일부 사제들만 아는 모양입니다."

이제는 르웰이 호들갑을 떨기 시작했다.

"소문을 차단해야 돼."

"하지만 르웰 신관님, 잘못하다가는……."

사제의 생략된 뒷말은 르웰도 능히 짐작할 수 있는 부분이었다.

행여 대신관들이나 중책을 맡은 분들이 이 일을 알게 될 시에는 자신의 목숨도 온전치 못할 것이라는 뜻이었다.

차마 거기까지는 생각이 미치지 못했는지 르웰은 당황하기 시작했다.

친구의 목숨도 소중하지만 그보다 더 중요한 게 자신의 목숨이다.

그러나 손을 놓고 있을 수도 없는 노릇.

당장 눈앞의 문제는 서탁에 산재해 있는 서류들이었다.

르웰은 서탁으로 가서 서류를 확인도 해보지 않고 인장을 미친 듯 찍어대기 시작했다. 그러면서도 입술은 분주하게 움직였다.

"내 주위에 놀고 있는 신관이 누가 있지?"

"놀고 있는 신관이라 하시면?"

"일 없는 놈들 말이야."

"로한 신관님이나……."

"그래, 로한. 로한 불러와."

로한이라면 르웰이 부리기 편할 사람이었다. 적어도 약점 3개쯤은 잡고 있질 않은가.

하지만 눈앞의 사제는 르웰이 지금 대형 사고를 치려 한다고 생각했다.

신관이 대신관이나 추기경의 허락 없이 다른 신관을 파견

보내는 건 엄연히 권한 밖이다.

　사제는 앞날이 두려운지 몸을 사시나무 떨듯 부들부들 떨었다.

　"하, 하지만 르웰 신관님, 저도 살아야……."

　그러자 르웰이 눈알을 부라리며 고성을 내질렀다.

　"너한테는 피해 안 가게 할 테니까, 어서!"

제5장
뜻밖의 응원군

 알타 산 아래 집결된 병력은 무려 5백에 달했다.

 마잔베르크가 휘하의 군사를 데려올수록 동칠은 그 4배가 넘는 병력을 소집했다.

 멀리서 이 같은 광경을 보던 마잔베르크는 함부로 들어가지도 못하고 이를 바드득 갈았다.

 "대체 저곳이 어떤 곳이기에……."

 가끔씩 얼뜨기들도 보이는 듯했지만, 간간이 섞여 있을 뿐이다.

 그 외에는 대다수가 잘 훈련받은 병사들이었다.

 마잔베르크 또한 휘하의 병력 모두가 친위대처럼 강한 게 아니라서 병력 소집에 애를 먹고 있는 상태였다.

이런 식으로 나가다가는 본성에 있는 병력 전부를 끌어와야 할 상황이 벌어질지도 몰랐다.

가르데일 쪽의 동태만 살피며 병력을 추가 소집한 게 벌써 두 번째다.

"본성에 있는 병력 모두를 소집한다."

참다못해 내지른 마잔베르크의 말에 그의 모사가 황망하게 입을 열었다.

"전하, 아니 될 말씀이옵니다. 아직 평야는 위험이 걷히지 않은 상태이지 않사옵니까."

사실이었다.

기존에 있던 룸부룩 왕국이 멸망하니 도처에서 몬스터가 몰려들었다.

대륙 어느 곳이나 그렇듯, 번식력 강한 몬스터들은 인간들의 땅만 아니면 여지없이 똬리를 틀었던 것이다.

마잔베르크도 당시 평야에 손을 뻗치며 그 몬스터들을 쫓아내기 위해 얼마나 고생을 했던가!

물론 아직까지 완전하게 놈들을 처리하지는 못한 상태였다.

고성을 쌓고, 철탑을 세우고, 몬스터 토벌을 하는 일이 마잔베르크를 왕으로 떠받드는 다크 엘프들이 주로 하던 일이었다.

그런데 가뜩이나 병력을 많이 빼와 불안한 이때, 병력을 모두 가져오겠다고 하니 마잔베르크와 영지를 진실로 걱정하는 모사로서는 반발하지 않을 수 없는 것이다.

마잔베르크도 인지하고 있는 사항이었지만 오기가 앞섰다.

"한 번에 쓸어버리겠다."

흡사 싸움에서 진 어린애가 치기를 부리는 것 같아 모사는 한숨이 그칠 새가 없었다.

장차 대제국을 이끌겠다는 위인이 왜 이토록 사소한 일에 이리 매달리는지 도무지 이해할 수 없어서였다.

해서, 그는 공손히 손을 모은 채 허리를 굽혀 보였다.

"전하, 이번 일은 후일로 미루심이 어떠하실지……."

"듣기 싫다!"

충심에서 우러난 간언에 성질을 부리고 있다. 그 지랄 맞은 성정을 억누르지 못하는 것이다.

곧 죽어도 이 자리에서 해결할 것처럼 보이는 마잔베르크.

모사는 그를 따르는 많은 다크 엘프들의 앞날이 걱정되었다.

그런 그들에게 전마 한 필이 달려오는 건 그다지 의아한 상황이 아니었다.

그러나 말에서 내린 다크 엘프가 전하는 상황은 심각한 내용이었다.

"전하, 큰일이옵니다."

"큰일?"

찌푸려진 눈썹을 하고 묻는 마잔베르크를 감히 올려다보진 못하고 다크 엘프는 서둘러 대답했다.

"평야 지대에 오크 대군이 나타났사옵니다."

"오크 대군이라고?"

평정이 흩어진 나머지 마잔베르크의 눈이 휘둥그레졌다.

역시나 지체할 성질의 대답이 못 되었다.

"그렇사옵니다."

주둔지인 노스페 평야에 오크 대군이 나타났다는 전보다.

마잔베르크의 음성은 충분히 격양되어 있었다.

"오크들이 왜?"

"잘 모르겠습니다. 평야를 노리는 것 같기도 하고 아닌 것 같기도 합니다."

"오크들의 수는?"

"천이 넘는다고 들었습니다. 문제는 평야로 집결되는 수가 더 불어나고 있다는 점입니다."

마잔베르크는 아연실색했다.

그는 몰랐지만, 이 모든 이유는 오크 족장 칸타르에게 있었다.

다크 엘프들이 가르데일을 노리는 관계로 동칠은 장사를 할 수 없었다.

자연히 주기적으로 오던 자장면이나 탕수육이 오지 않는

다는 데서 칸타르는 불만이었고, 근방에 친히 행차까지 했다.

그리고 데몬을 통해 동칠의 사정을 들은 그는 무척이나 아쉬워했다.

칸타르는 의리를 앞세워 그 친위대를 이끌고 전투에 직접 가담까지 하려 했으나, 적들인 다크 엘프들은 상당한 거리를 둔 채 이쪽의 동태만을 감시했다.

손바닥도 마주쳐야 소리가 나는 법이다.

명색이 오크들을 이끄는 족장인지라 칸타르도 언제까지고 이런 대치 국면을 보고 있을 수만은 없었다.

선제공격이냐 아니면 물러섬이냐, 양단간의 결정이 필요한 때였다.

무엇보다 칸타르는 자장면이 급했고, 동칠은 저들이 물러가야만 시간이 생긴다고 고집을 부렸다.

거기다 때마침 데몬이 얘기한 부분이 칸타르에게 그대로 먹혀들어갔다.

마잔베르크의 주둔지인 노스페 평야에 긴장이 촉발되면 모를까, 그렇지 않고서는 물러설 것 같지 않다는 말이었다.

그에 칸타르는 동칠에게 제법 근사한 제안을 해왔다. 노스페 평야 인근에 잘 아는 형제가 있으니 그가 이끄는 부족들을 그곳으로 보내겠다고…….

정말 칸타르는 자신의 친위대 중 한 명을 시켜 노스페 평야 부근에 있던 절친한 오크 형제에게 인근으로 가달라는 부탁을 했다.

 오크들의 희생을 강요하는 일도 아니었기에 노스페 평야 부근의 오크들을 이끌던 그의 형제는 흔쾌히 그 부탁을 들어주었다.

 그것이 이러한 결과를 불러온 것이다.

 예상치도 못한 상황에 부닥친 마잔베르크는 몸을 부들부들 떨었다.

 "어째서?"

 그러나 그의 궁금증을 풀어줄 다크 엘프는 이 자리에 아무도 없었다.

 '크으윽, 어째서 거지발싸개 같은 것들까지 나의 길을 가로막느냐는 말이다.'

 그 자신도 체통이 있기에 수하들 앞에서 함부로 입 밖에 낼 순 없는 말이었다.

 마잔베르크는 오크들을 정말 그 정도 수준으로밖에 생각지 않았다.

 하지만 아무리 미개하고 전투력이 형편없는 오크들이라 한들, 수가 많아지면 골칫거리가 된다.

 오크를 쓸어버리는 게 문제가 아니었다. 전쟁 도중 축조 중인 성이 무너지거나 파괴될 수 있다는 점이 문제였다.

 특히나 철탑 등에는 정말 많은 돈이 들어갔다.

그곳은 마잔베르크의 거대한 포부가 담겨 있는 곳으로, 시작부터 삐끗할지 모른다는 우려가 마잔베르크의 갈등을 심화시켰다.

'씹어 먹을 놈이긴 하지만 가르데일이 문제가 아니다. 바로 오크 놈들이 문제다. 다크 엘프들만의 제국을 세우겠다는 원대한 꿈을 여기서 포기할 순 없다. 그곳은 내 전신이나 다름없다.'

몇 필의 말이 더 이곳을 향하고 있었다. 프로센 백작을 위시한 그를 보좌하는 기사들이었다.

"휘유, 생각보다 병력이 훨씬 많군요."

작금 마잔베르크의 눈에는 프로센이 거들먹거리는 것으로밖에 보이지 않았다.

곱지 않은 눈초리를 느낀 프로센은 점수라도 따야겠다고 생각했는지 호의부터 내비쳤다.

"원하신다면 이 자리로 제 군대를 파병하겠습니다."

혹하는 말이었음에도 마잔베르크는 구겨진 인상을 펴지 않았다.

오히려 그는 마상에 있는 프로센을 나무라기부터 했다.

"주제넘군. 지금 날 깔아보고 하는 말이더냐?"

그러고 보니 마잔베르크는 바닥에 내려서 있었다.

마잔베르크의 기분이 썩 좋지 않음을 알아챈 프로센은 자존심도 굽힌 채 황급히 땅으로 내려섰다.

"경황이 없었습니다. 넓은 아량으로 헤아려 주시……."

말을 채 끝마치기도 전에 마잔베르크가 손을 뻗어 그의 멱살을 움켜쥐고 이를 갈며 물었다.

"사실대로 이야기해봐라. 왜 저곳에 저렇게 많은 병력이 모여 있는지. 가르데일을 따르는 이들이 근방까지 따라왔을 것이라는 같잖은 소리 따윈 집어치워라. 나와 싸운 후 놈은 분명 작위를 팽개쳤으니까."

프로센 휘하의 기사들이 그 광경을 보고 발끈하여 눈을 부릅뜨며 한 걸음 다가오려 하자, 프로센은 뒤로 팔을 뻗어 힘주어 털었다. 섣불리 행동하지 말라는 뜻이다.

애초에 기사들 따위는 마잔베르크의 안중에 없었다.

꼭 마잔베르크가 눈에서 오러라도 뿌릴 것 같았는지 프로센은 잔뜩 기가 죽어 그가 요하는 대답을 내주었다.

"상단이 있는 곳입니다. 그래서 병력이 있습니다."

"상단? 어떤? 자세하게 말하지 못할까!"

마잔베르크의 진노에 못 이겨 프로센은 요 근래 알게 된 사실을 털어놓았다.

"근방에 상인들이 많다 보니 상단이 들어선 모양입니다. 어르신께서 오신다는 걸 알고 와룡반점 놈들이 상단에 연락을 취한 게 아닐까 합니다."

그러나 그는 아직 진실하지 않았다. 있는 그대로를 털어놓지 않았던 것이다.

마잔베르크가 그걸 놓칠 리가 없었다.

"네놈, 나한테 뭔가를 숨기고 있구나. 정녕 죽고 싶은 게냐?"

이미 마잔베르크의 눈은 진노를 넘어 살기로 번들거리고 있었다.

지금은 프로센과 좋은 관계로 남으려던 생각도 싹 지워지고 없었다. 오로지 수틀리면 이 자리에서 목을 베어버리겠다는 생각뿐.

살기가 뼛속까지 느껴졌는지 프로센은 결국 모든 걸 포기하고 이실직고했다. 목숨이 우선이었던 것이다.

"상단의 중심에 와룡반점이 있습니다. 그 음식 맛으로 인해 상인들이 몰려들었고, 먼젓번 페노멘 자작이 일으킨 일 때문에 상단이 생겼습니다."

"오호라, 그런 사실을 알고서도 이야기하지 않았다는 건 네놈 혼자 이득을 챙기려는 수작이었군."

정곡을 찔려 입이 백 개라도 할 말이 없는 프로센이었지만 이 위기를 모면하려면 거짓이라도 담아내야 했다.

"절대 그런 것이 아니었사옵니다. 분명 말씀드릴 내용이었습니다."

"그 얘기는 나중에 하기로 하지. 그건 그렇고, 어째서 저렇게 수가 많지?"

"아무래도 지켜야 할 상인들도 많고 하니……."

"그것만으로는 설명이 부족해. 상단의 무사가 오백 명이라는 이야기를 믿으라는 것인가!"

대륙을 통틀어도 그만큼 많은 무사들을 거느린 상단은 드물기에 마잔베르크의 오해는 자연스러운 것이었다.

얼굴이 하얗게 질린 채로 프로센은 말을 이었다.

"저도 그것까지는 모르겠습니다. 어쩌면 알고 지내던 이들에게서 원조를 받은 것인지도……."

"알고 지내? 누구를?"

"가깝게는 리온 공국이 있다고 들었습니다. 그리고 여러 왕국들과 교류를 하고 있다고도……."

마잔베르크는 뒤통수를 얻어맞은 기분이었다. 가르데일만이 문제가 아니었던 까닭이다.

애당초 이렇게 쉽사리 접근할 수 있는 성질의 문제가 아니었다.

프로센의 말이 사실이라면 만약 전투에서 우세를 점했다고 한들 낙관하기는 힘들었을 것이다. 병력은 계속해서 늘어날 테니까.

"네놈, 나를 머저리로 보았군?"

멱살을 잡은 손은 놓아졌으나 적의가 거두어지지 않자 프로센은 오금이 저렸다.

"아, 아닙니다. 절대 그런 의도가 아니었습니다. 숨기려고 숨긴 것이 아니라……."

"네놈이 말하기 전에 내가 떠났다는 핑계 따위는 듣기 싫다."

그 점을 들어 마잔베르크는 이 자리에서 프로센을 죽일 수도 있었다.

하지만 그러지는 않았다.

작금의 상황을 빌미로 프로센을 철저히 이용해먹어야겠다는 못된 생각을 품었을 뿐.

그렇게 마잔베르크는 프로센을 경멸하는 눈초리를 남기고서 자신의 병력을 이끌고 돌아갔다.

※ ※ ※

그 후 며칠이 더 지나도 마잔베르크는 오지 않았다.

일각에서는 그가 이쪽의 병력이 상당히 많이 모인 것을 알고 경계를 느슨하게 만들기 위해 시간을 늦추는 게 아닐까란 추측을 했다.

그리고 상당히 설득력 있는 이 주장에 많은 사람이 동조했다.

이 일에 언제까지고 매달릴 순 없는 노릇이어서 동칠은 각 길드장들과 회의를 소집한 끝에 비상 태세를 유지하고 병력의 상당수를 철수시켰다.

물론 일이 터지면 최대한 빠른 시간 안에 모일 수 있게끔 산이 훤히 내려다보이는 부근에 봉화대를 설치하고 경비를 세웠다.

그렇게 하루, 또 이틀이 지났는데도 마잔베르크가 오지 않자 각 길드장들은 물론 동칠도 와룡반점으로 돌아갔다.

시기가 시기이다 보니 정상 영업은 힘이 들었다.

대신에 동칠은 율카스와 짐꾼을 시켜 칸타르에게 수십인 분의 자장면과 소고기 탕수육을 보내주었다.

또한 리온 왕실에 대한 배려도 잊지 않았다. 어차피 마법진을 통해 배달되기에 크게 시간이 드는 일이 아니었기 때문이다.

길드장들은 혹여 모를 사태에 대비해 와룡반점 인근에 임시 거처를 마련하고 그곳에서 숙식을 했다.

따분하고 무료한 일상들!

동칠은 그들의 불만을 삭여 줄 의무가 자신에게 있다고 보았다.

'뭔가 재미있는 놀 거리라도 만들어줘야겠는데……'

고스톱이 있긴 하지만 식구가 아닌 다른 손님에게까지 그걸 내어줄 순 없었다.

해서, 동칠이 떠올린 게 하나 있었다. 그러나 이는 바로 시행할 성질의 것이 못 되었다.

그 즉시 그는 대장장이 길드의 아첸을 찾았다.

"대장장이 몇 분만 고용할 수 있을까요?"

"상단주가 찾는데 당연히 불러와야지요. 뛰어난 계책이라도 떠오르셨소?"

"그런 건 아니고, 그냥 불러주세요. 따로 부탁할 일이 있어서 그래요."

아첸은 질기게 더 묻지 않고 동칠이 시키는 대로 대장장이들을 3명 불러왔다.

그리고 동칠은 그들에게 조금 전 그린 그림들을 보여 주었다.

직사각형 모양의 테이블과 긴 작대기, 그리고 둥근 공들이 그려진 그림들을 차례로 보며 대장장이들은 의아함을 드러냈다.

"만드는 건 어렵지 않겠는데… 이게 무엇에 쓰는 물건입니까?"

동칠은 대답을 뒤로 미뤘다.

"만들어지면 설명드릴게요. 보수는 적지 않게 드릴 테니, 부탁합니다."

대장장이들이 좀 적지 않을까 란 생각을 하며 딱 동칠이 돌아서려던 그때였다.

동칠과 평소 알고 지내오던 드워프 롬이 와 있었다.

"이런 일에 협조도 안 구하시면 섭섭하지 않습니까."

그가 말하는 이런 일이란 작금의 와룡반점이 처한 위기였다. 소식통에게서 그 역시 와룡반점이 처한 위기를 전해들은 것이다.

롬은 마침 동료들을 데리고 와 각궁을 만들 재료를 받아갈 참이었다. 그런 그가 동료들보다 하루 빨리 당도한 건 다와룡반점과 동칠이 걱정되어서였다.

롬은 꽤 흥분한 목소리로 물었다.

"우리가 뭐 도와줄 거 없소? 근처에 동지들이 와 있소이다. 노스페 평야의 지배자인지 누구인지, 괴롭히면 말만 하시오. 지금 전투는 벌어진 상태요?"

"아니요. 무슨 영문인지 아직 안 오네요."

문득 떠오른 생각에 동칠은 손바닥을 탁 하고 마주쳤다.

"참, 그러고 보니 부탁할 일이 있기는 해요. 도와주실 수 있나요?"

"무언데 그러시오. 말만 하시구려."

"여기서 잠시만 기다려 주세요."

그렇게 말하고는 동칠은 아까 대장장이들한테 보여 준 그림을 가져와 롬에게 다시 설명해주었다.

당구대의 재질이 어떤 것인지, 당구공의 재질은 어떤 것인지, 그리고 큐의 재질이 어떤 것인지에 대해서……

❈   ❈   ❈

이 무렵 삼식은 못된 친구들과 어울렸다. 직종을 전환하고

부터다.

 딱! 따닥!

 손에 꼭 들어갈 크기의 둥근 공들이 마주치며 경쾌한 소음을 흘렸다.

 길게 찢어진 눈, 가는 입술, 광대뼈가 툭 불거진 사내가 안면에 만족스러운 미소를 걸친 채 큐에 초크를 칠하며 말했다.

 "돈 올려놔."

 맞은편의 사내 둘이 곤죽이 된 얼굴로 호주머니에서 5쿠퍼 동전을 꺼내 당구대 모퉁이에 올려 두며 불평을 늘어놓았다.

 "니미, 벌써 세 타째네."

 "썩을 놈, 실력이 아니라 순전히 운으로 치는구만!"

 이들이 치는 건 4개의 공을 두고 하는 사구.

 사구는 굳이 쿠션에 닿지 않아도 흰 공을 피해 빨간 공들만 맞추면 되기에, 쿠션을 세 번이나 튕겨야 하는 삼구에 비해 쉽다.

 그러한즉 대한민국에 존재하는 대다수 당구장에서의 내기는 쓰리 쿠션, 즉 삼구가 많다.

 물론 사구도 내기가 없는 건 아니다.

 다만 사구에서의 내기는 한 게임의 승패를 놓고 이루어지는 게 보통이었다.

적어도 대한민국엔 이들처럼 목표를 이룰 때마다 돈을 올려 두는 성격의 내기는 거의 존재치 않았다.

그렇다면 이들은 왜 이리 쉬운 내기를 하느냐?

바로 황룡반점이 개조되어 당구장으로 탈바꿈된 지가 얼마 되지 않았기 때문이다.

자연히 손님들은 초보자가 많았고, 삼식은 손님을 더 끌 요량으로 이들에게 이와 같은 내기 당구를 가르친 것이다.

당구는 이곳 사람들의 흥미를 끌기 충분했기에 업종을 변경하고부터 삼식의 수익은 나날이 늘어갔다.

삼식이 중화요리 전문점에서 당구장으로 업종을 변종하게 된 계기는 있었다.

우연히 삼식은 과거의 기억에서 힌트를 얻었다. 내기 당구 도중 시켜 먹은 자장면이 그렇게 맛있을 수 없었다는 데서 말이다.

그러나 그의 형편은 넉넉지가 못했다. 당구장을 차리려면 황룡반점을 포기해야만 했던 것이다.

그리하여 삼식은 과감하게 결단을 내렸다.

당구장이 성공하고 난 뒤에 다시 중국집을 재개해도 될 것이라면서.

어쨌든 들어선 지 얼마 안 되는 당구장이다 보니 손님들은 초보 수준에 불과했고, 삼식은 매상을 올리기 위해 사구에서도 내기가 가능하다는 점을 앞세웠다.

즉, 빨간색으로 칠한 공 2개를 맞출 때마다 돈을 걷는 것이다.

지하에 차려진 삼식 당구장에는 지금 보이는 손님들 외에도 유독 험상궂은 사람들이 많이 찾아왔다.

아닌 게 아니라 정말 뒷골목의 시정잡배에서부터 도적, 어쌔신 등 질이 안 좋은 사람들만 꼬이는 것이었다.

당구 지수는 여럿으로 나뉘는데 초입자가 30이고, 그다음이 50, 80, 100, 120, 150, 200, 250… 순으로 올라간다.

소싯적 놀았던 삼식은 150을 쳤으니 당구에 있어서는 이곳에서 지존이었다.

사구면 사구, 삼구면 삼구. 삼식에게 가르침을 청하는 이들도 여럿이었다.

특히 얼굴에 대각선으로 길게 흉터가 난 대머리 사내는 삼식을 졸졸 쫓아다녔다.

"아, 삼식이, 좀 가르쳐 달라고."

"글쎄, 맨입으론 안 된다고요."

강습비를 요하는 일!

이 같은 일은 비일비재했다.

당구장이 흥행하자 삼식은 제 몸값을 높였다.

황룡반점에서의 매상 부진을 이런 식으로 채워 넣고 있는 것이다.

예전에 비해선 잘되는 황룡반점이었지만, 삼식은 돈 한푼

한푼이 소중했다.

당구장이 잘된다는 소문이 나면 이곳저곳 우후죽순 격으로 생겨날 테고, 그러면 자신의 밥벌이도 힘들어질 수 있다.

대륙에는 특허청이 있는 게 아니었기 때문이다.

하니, 지금 잘된다고 안도할 게 아니라 한시바삐 체인점을 늘려야 했다.

'이런 장사는 벌 때 벌어야 한다.'

그는 사람에게 기회가 세 번 찾아온다는 말을 매일 곱씹었다.

거기다 엊그제 삼식은 시모에르가 돌아올 것이란 말을 전해들었다.

오토바이도 고물이 되어버린 지금, 믿을 건 이 당구장뿐이었다.

'대히트를 친다면 두목 자리가 문제가 아니다. 삼식이 넌 대륙으로 발을 뻗어나갈 수 있다.'

굴욕의 세월을 씻을 수 있는 좋은 기회였다.

날이 갈수록 삼식은 거만해졌지만, 여기서 누구 하나 문제 삼는 이는 없었다.

삼식을 잘못 건드렸다가는 도적 비바르세의 타깃이 될 수 있었기 때문이다.

비바르세.

이 부근뿐 아니라 대륙에서 알 만한 사람들은 다 아는 자였다.

이런 촌 동네와는 어울리지 않을 정도의 거물이라는 이야기다.

그가 거느린 도적만 해도 도합 2백이 넘었는데, 그들 중엔 스치기만 해도 돈을 훔칠 정도로 실력 있는 자들도 태반이었다.

우연히 늘씬한 미녀들을 거느리고 이곳으로 행차한 비바르세를 대함에 있어 삼식은 소홀함이 없도록 했다.

금목걸이에 갖은 보석 장신구를 치렁치렁 달고 있는지라 한눈에 대단한 손님이라는 걸 알아챘던 것이다.

삼식은 당구에 지대한 흥미를 보인 비바르세에게 당구 스승을 자처했고, 비바르세는 그를 기꺼이 받아들였다.

그렇다고는 하나 아직 그와 동업까지 이야기할 사이는 아니었다.

그 때문에 삼식이 그와의 친밀도를 높이려 더욱 열을 올리는 것이었다. 여기 찾아오는 이들이라고 해봐야 거의가 밑바닥 인생이었으므로.

인상이나 성격은 사납지만 가진 게 별로 없는 자들. 그런 자들이 주 손님이었는데, 그것은 별수 없는 일이었다.

처음부터 손님을 골라 받았다면 모르겠지만 제법 불량한 사람들이 처음 이곳을 발견했고, 그런 손님들이 주를 이루다 보니 멀쩡한 손님들은 험한 말이 서슴없이 오가는 분위기에 주눅이 들어 눈치만 보다 나가기 십상이었다.

이에 따른 부작용도 생겼다.

막 게임을 끝낸 이들 중 한 눈을 검은 안대로 가린 남자가 삼식을 향해 씩 웃더니 검지에 침을 발라 휙 긋는다.

삼식은 짜증부터 부렸다.

"또 외상?"

"다음에 다 줄게. 그럼 간다, 삼식아."

정말이지 도움이 안 되는 인간이었다.

이때껏 외상만도 1실버가 된다.

하나, 직업이 어쌔신인지라 삼식은 함부로 대하지도 못했다.

어쌔신들은 특성상 의뢰를 맡으면 큰돈을 만지게 되니 그때 가서 주겠다는 뜻인데, 삼식의 입장에서는 또 그게 아니었다.

의뢰를 맡은 도중 죽으면 자신은 어디 가서 하소연을 하라는 말인가!

외상을 금지시켜야 하지만, 워낙 거친 인간들이 많다 보니 그게 또 불가했다.

미간에 골이 깊게 패인 삼식에게 아콴이 다가왔다.

"삼식아, 당구대 비었는데 나 연습구 좀 쳐도 돼?"

"죽을래?"

삼식의 입에서 고운 말이 나갈 리 없었다.

방금 전 놈이 또 외상을 하고 가는 바람에 가뜩이나 열이 받아 있는 상태다.
 게다가 비어 있는 당구대라고 해봐야 딱 하나인데, 일을 해야 할 놈이 거기서 당구를 치겠다고 하니 열이 더 뻗칠 수밖에.
 예전이나 지금이나 아콴은 정말이지 눈치가 없었다.
 입술이 한 비죽 나와서 그는 툴툴거리며 빈 당구대를 청소했다.
 그리고 수거해온 공을 돌려줄 때, 삼식과 눈이 마주쳤음에도 팩 하고 고개를 돌렸다.
 삼식에게는 기도 안 찰 일이었다.
 "아콴, 나라고 놀고 싶지 않은 줄 알아? 일할 땐 일을 해야지."
 그래도 아콴은 토라진 모양새를 풀지 않았다. 그저 그에게는 삼식이 야박하고 모진 것이다.
 그런 치기 어린 아콴의 모습에 삼식은 혀를 내둘렀다.
 "으이구, 나이는 어디로 먹은 거냐? 저쪽 손님들한테 음료수나 가져다줘."
 한 테이블이 유독 오래 치고 있다.
 서비스조로 이 마을에서 싸게 살 수 있는 음료수나 내주란 말에 아콴은 발을 쾅쾅 구르며 걸음을 옮겨 갔다.
 이렇게 되면 일을 시키기도 어려웠다.

아콴이 계속 반항적인 태도를 내보이자 삼식은 결국 한숨을 푹 내쉬며 중얼거렸다.

"알았다. 그 음료수 내주고 쳐. 대신 손님 오면 그만해야 한다."

삼식의 온정에 아콴은 휙휙 소리가 나게 고개를 끄덕였다. 이제 당구를 칠 수 있게 되었으니 마냥 좋은 것이다.

가장 오래 당구를 접할 수 있는 아콴은 사실 숨은 고수였다.

삼식 당구장에서 이토록 짧은 시간에 80까지 올린 사람은 몇 되질 않았던 것이다.

그래서인지 아콴은 큐만 잡으면 제법 거만해졌다.

음료수를 손님 테이블에 놓아주고, 아콴은 잡은 큐를 길게 뻗어 곧은지 확인하는 것을 시작으로 고수의 면모를 과시했다.

다른 이들에게는 놀라운 광경일지 몰라도 삼식에게는 아니었다.

"참 내, 팔십 치는 주제에 큐 타령이나 하려는 거냐?"

삼식이 자신을 비꼬고 있다는 것도 모르고 아콴은 그가 가르쳐 준 대로 공을 놓고 제법 세게 1미터쯤 앞에 있는 빨간 공을 큐로 때렸다.

딱! 탁탁! 탁! 딱!

운이 좋았는지 아콴이 때린 흰 공이 세 번 벽을 때리고 바로 옆에 놓였던 빨간 공에 닿았다.

 근처에서 그 광경을 보고 있던 사람들에게서 탄성이 터져 나왔다.

"우와~"

 그리 놀라는 게 무리는 아니었다.

 초보자들에게 처음 준비된 배열의 초구를 맞추는 건 거의 불가능에 가까웠기 때문이다.

 손님들의 시선이 자신을 향하고 있다는 걸 아는지 아콴은 굵은 목을 이리저리 돌리며 한껏 폼을 쟀다.

 하지만 남들에게는 대단하게 보였을지 몰라도 삼식에게는 아니었다.

 아직 서툴기 그지없어 보인달까?

 삼식은 과거 당구 치던 시절을 회상했다.

 중, 고등학교 때 배운 당구는 사회 시절에도 통용되었다. 그리고 생각이 와룡반점까지 이어지자 그는 이맛살을 구겼다.

 당시 동칠은 200을 쳤다. 삼식보다 50이 높다는 이야기다.

 삼식이 주로 함께 당구를 친 대상이 동칠이었는데, 10판을 치면 8판 정도는 물리곤 했다.

 그러고 보니 동칠에 대해 별로 좋은 기억이 남아 있지 않았다.

하지만 이제는 그 경계마저 모호해졌다.
지금의 동칠이 정말 동칠인지, 아니면 동칠의 탈을 쓴 악마인지 헷갈려서다.
삼식의 얼굴에는 안타까움과 분노, 원망과 그리움들이 묘하게 얽혀 있었다.

정말 힘들다.

굵직한 땀방울이 뚝뚝 떨어진다.

이제껏 밭일을 해오던 잔트의 소감이었다.

여태 잔트는 신관이라는 직업이 그리 편치 않은 직업이라고 생각했다. 신을 찬양하는 시간을 갖고, 사람도 여럿을 상대해야 하며, 그 외에도 이것저것 돌볼 일이 많았던 것이다.

그런데 이 농사일이라는 것은 감히 그것에 비할 게 못 되었다.

고단함은 물론이요, 육체적인 스트레스까지 동반한다. 거기다 그로 인해 얻어지는 건 개뿔도 없었다.

'나와는 맞지 않는 일!'

그리 생각하고 몇 번이고 발길을 돌리려 했지만, 아말렌을 보는 순간이면 그 마음도 싹 가셨다.

'눈을 파내지 않으면 소용이 없다.'

예전에 비해 탄 얼굴은 그녀의 백치미를 앗아갔지만 대신에 건강미를 심어주었다. 게다가 보면 볼수록 그 표정에서 묘한 매력이 느껴졌기에 그가 이렇게 빠져드는 것도 무리는 아니었다.

하지만 이런 일이 반복될수록 잔트는 스스로가 한심하게 느껴졌다.

언약을 한 사이도 아니었다.

그렇다고 자신이 사모하는 것만큼 아말렌이 연정을 준 것도 아니었다.

그저 짝사랑에 불과한 것이다.

"다 땄어요?"

그럼에도 이어진 아말렌의 간드러지는 미성에 잔트의 구겨졌던 얼굴은 활짝 펴졌다.

그러나 그녀 앞에 떳떳치 못한 자신이었다. 이 고추를 다 따야 하는데 또 상념에 젖어 그러지를 못했다.

기쁨이 금세 미안함으로 돌변했다.

"아, 아직 다는……."

그때, 아말렌이 직접 허리를 굽히고 아직 따지 못한 고추에 손을 뻗었다.

그녀의 손을 번거롭게 할 수는 없었던지라 잔트가 뒤늦게 손을 가져갔다.

"내가 따겠소."

덥석.

검게 그을린 잔트의 얼굴이 새빨개졌다.

'허락도 없이 손을 잡아버리다니……'

참 멋대가리 없는 행동이라 느끼고 잔트는 황급히 손을 거뒀다.

그러나 무안함은 가시지를 않는다.

꼭 그녀가 자신을 오해할까 싶어 그 입에서 더듬거리는 목소리가 새어나왔다.

"고, 고의는 아니었소."

창피함은 그만이 느끼는 것이었는지, 아말렌은 환히 미소 시으며 방금 떼어낸 고추를 그의 자루에 넣어주었다.

"일을 하다 보면 그럴 수도 있죠."

"내가 하리다. 이건 내 몫이잖소."

자신 때문에 고생을 시킬 순 없어 한 말이었는데, 아말렌은 발품을 파는 수고도 마다 않고 부지런히 움직였다.

"저는 손에 익어요. 그리고 함께하면 낫잖아요."

그 천사 같은 마음씨에 잔트는 또 한 번 감동했다.

'당신은 왜 결점이 없는 것이오? 그래서는 내가 당신 곁을 떠날 수가 없잖소.'

정말이지, 사람을 포로로 만드는 방법도 가지가지였다.

그녀와 함께 고추를 따는 일!

일이 즐겁다.

행복하다.

생애 이처럼 기쁜 일이 또 있었을까?

천국에 다다른 것 같던 잔트의 표정에 불현듯 짙은 그늘이 드리워지고 있었다.

'그놈이다.'

직감은 딱 들어맞았다.

스산한 기분에 고개를 돌려 보니 역시나 그자가 와 있었다.

박동칠.

와룡반점의 주인이자 동칠교가 신으로 떠받드는 자.

아말렌을 현혹시켜 이교도로 몰아넣은 악당 같은 인간 말이다.

욕심으로 물든 저 얼굴을 보자니 머릿속에 나쁜 생각이 그려졌다.

'혹시 그녀를……?'

동칠은 그저 고추에 대한 욕심뿐이었지만, 잔트는 그가 그녀를 혹 성의 노리개로 삼고 있지는 않은지 오인하고 있었다.

잔트가 그를 죽일 듯 쏘아보는 순간, 아말렌의 손은 더할

나위 없이 빨라졌다.

1초라도 동칠 신을 기다리게 할 수 없다는 마음하에 초인적인 힘을 발휘하는 것이다.

이에 그녀를 안쓰럽게 쳐다보던 신도들이 하나둘 다가와 손을 보탰다.

그 와중에서 잔트에게 쓴소리를 내뱉는 신도도 있었다.

"계속 놀기만 할 거요?"

그제야 잘못을 깨우쳤는지 잔트는 서두르기 시작했고, 일을 마친 후 이마에 솟아난 땀방울들을 닦았다.

매번 이렇게 수확한 고추들은 모두 동칠에게 돌아갔다.

그 많은 고추를 율카스에게 들고 가게 했음에도 동칠은 신도들에게 고맙다는 말 한마디 하지 않았다.

항상 당연하게 생각하는지 공치사 한 번 없이 돌아가는 동칠을 생각하니 잔트는 또다시 불만이 싹텄다.

'이건 옳지 않다. 아말렌을 위해서, 그리고 나를 위해서 이들을 계몽시켜주어야 한다.'

잔트는 몰랐지만, 솔직히 그것은 동칠도 원하고 있는 일이었다.

이 무렵 신도들은 다른 일에 감정이 예민할 때였다. 바로 동칠 신에게 도전한 다크 엘프가 있다는 것에 대해서다.

산 아래에서 벌어진 일을 아말렌과 신도들이라고 모를 리는 없었다.

동칠교도 적에 대항해 맞서 싸우고 싶었지만, 동칠이 농사 이외에는 끼어들지 말라는 얘기를 해놓았던지라 그들은 밭이나 일구어야 했다.

모두 일을 마쳐 여유가 생기자 여러 말들이 오갔다.

"어째서 참여하지 못하게 하시는지……."

칼의 축 처진 음성에 아말렌이 화색을 지으며 대꾸했다.

"그분을 못 믿는 거야?"

또 듣고 보니 그러했다. 신이 누구를 두려워하겠는가 이 말이다.

안도감이 신도들 사이에 퍼져 갈 무렵, 잔트는 오만상을 찌푸렸다.

그러다 어렵게 인상을 폈다.

'동칠 그자가 죽는다면 이 동칠교도 끝이겠지. 미안하지만 아말렌, 나는 그날을 기다리겠소.'

생각을 바꾸니 후련하기 그지없는 일이었다.

오히려 잔뜩 기대가 실리기까지 했다.

'듣기로는 노스페 평야의 지배자라고 하였으니 못 해낼 것도 없겠지.'

외람되게도 잔트는 속마음 깊이 악인 마잔베르크를 응원하고 있었다.

'그리만 된다면, 그리만 된다면……'

그런데 되짚어 생각해보니 꼭 반길 일만은 아닌 듯했다.

어쩌면 그녀와 헤어질지도 모르는 일이 아닌가.

 부득불 우겨 따라갈 셈이지만, 충격에서 헤어나지 못할 그녀가 순순히 응해줄지는 미지수이기 때문이다.

 그때, 문득 잔트는 귀에 익은 목소리를 듣게 되었다.

 "잔트, 여기서 뭘 하고 있는 거지?"

 동칠교에 사람이 찾아온 건 이례적인 일이었다.

 그것도 신성 제국에서의 사람이다. 잔트에게는 치명적인 일이 아닐 수 없었다.

 그러나 안도할 수 있는 건 자신을 찾아온 대상이 신관 르웰이라는 점이었다.

 죽마고우이자 믿을 수 있는 친구.

 하지만 르웰은 얼굴을 맞대고 있는 잔트만큼 달갑지는 못했다.

 "도대체 무슨 생각으로!"

 잔트는 머쓱히 웃더니 먼 산을 보며 나지막하게 한숨을 내뱉었다.

 "후우~"

 "삶이 지루했냐? 그래서 이런 방법을 택한 거야?"

 르웰은 도무지 이해를 할 수가 없었다. 왜 잔트가 상식 밖의 행동을 했는지에 대해서.

 본인의 입으로 말하기도 부끄럽고 창피한 일이었는지 잔

트는 애써 얼버무렸다.

"너는 모른다."

"뭘 몰라? 그럼 말해봐. 대체 왜 이러는지 알고나 가자. 너야말로 모를 거다. 내가 너 때문에 얼마나 진땀을 뺐는지. 지금 대충 터진 둑은 막아놓긴 했지만 절대 안전하진 못해. 발각되면 너나 나나 죽은 목숨이라고. 알아?"

아말렌의 그늘에 푹 빠져 잊고 있던 상황이었다. 불안함이 끝도 없이 밀려들었다.

그 와중에 들은 르웰의 사정.

말을 듣는 즉시, 잔트는 르웰을 향해 무서운 표정을 지었다.

"왜 네가 나서?"

"그럼, 너 죽는 꼴을 보고만 있을까?"

잔트는 전혀 고맙지가 않았다.

"어쩌려고?"

"너야말로 어쩌려는 거냐?"

무거운 한숨이 두 사람을 짓눌렀다.

먼저 입을 연 것은 르웰이었다.

"도망쳐라. 조사가 착수된 상태일지도 모른다. 머잖아 이곳으로 널 잡기 위한 병력이 급파될지 몰라."

그러나 친구의 진심 어린 당부에도 잔트는 고개를 내저을 수밖에 없었다. 이미 그는 아말렌의 노예가 되었기에.

"그럴 수 없다."

"왜?"

"……."

말을 아끼는 잔트를 보다 르웰이 지레짐작을 해보았다.

"혹시 네가 따라 떠났다는 그 여자 때문이냐?"

"어, 어떻게 알았지?"

"너와 함께 있던 사제에게서 들었다. 아무래도 그 여자 때문이었던 것 같다고. 지금이라도 정신 차려. 네 목숨이 걸린 문제야."

함부로 말은 않았지만 잔트는 그 여자를 마녀쯤으로 오인했다. 그렇지 않고서야 정신이 멀쩡히 박혀 있던 잔트를 이렇게까지 홀리지는 못했을 테니까.

물론 마녀라고 지칭했다면 필경 잔트는 자신의 멱살부터 움켜쥐었을 것이다.

아무 말도 못하고 있는 그를 보며 르웰은 은근한 협박을 곁들였다.

"동칠교라고 했지? 네가 여기 남아 있는다면 너뿐 아니라 그녀도 무사하지 못할 거다."

협박이 먹혀들었는지 잔트는 진지하게 고민하기 시작했다.

❋ ❋ ❋

와룡반점 인근 지하에 당구장이 설치되자 종업원들을 비롯한 가르데일과 데몬, 각 길드장들은 당구 치기에 바빴다.

특히나 각 길드장들은 일도 제쳐 둔 채 자주 이곳으로 발걸음을 했는데, 그 때문에 부길드장이나 길드 관리인들은 애를 먹어야 했다.

"아니, 길드장님! 지금 때가 어느 땐데 여기서 이러고 계십니까."

여행자 길드의 부길드장 리아가 찾아오자, 막 차례가 되어 큐로 당구공을 겨누던 파논은 난색을 표했다.

"하하, 자네가 좀 처리하게."

"정말 제가 아무렇게나 처리해도 됩니까?"

그녀가 허리춤에 손을 가져다붙이고 묻자 파논은 그제야 진지하게 받아들였다.

"무슨 일인데?"

"우리 여행자 두 명이 근방에서 다쳐서 왔는데, 우린 모르는 일이라고 시미치 떼고 그냥 돌려보낼까요? 물론 길드장님께서 만드신 여행자 보험에 가입된 분들이에요. 또 여행자 길드가 새로 들어선 것도 아시죠? 우리한테 양해도 안구하고 여행자 유치에 나서려고 하고 있는데, 그것도 그냥 눈 감을까요?"

과연 부길드장인 리아가 처리할 만한 사안이 아니었다.

당장 가야 한다는 것은 알지만 파논은 함께 당구를 치던 사람들을 의식해야만 했다.

"잠시만 기다려 주게. 금방 끝난다네."

그리고 결국 파논은 큐를 놓지 않고 자기 순서의 공을 쳐버렸다.

답답한지 리아는 한숨을 푹 내쉬었다.

"대체 어쩌자고 이런 걸 만들어서……"

당구도 고스톱만큼의 중독성이 있는 오락이었다.

그 푸념을 들었던지 다른 테이블에서 데몬과 가르데일에게 당구를 가르치던 동칠은 뒷머리를 긁적이며 미안한 낯빛을 지었다.

오락이나 도박에 잘못 빠지면 인생 망가진다는 교훈을 차마 당구장을 건립할 때 염두에 두지 못한 까닭이었다.

엊그제는 아첸의 부인이 애를 업고 왔다 갔다.

아첸이 당구에 푹 빠져 처자식도 잊은 채 이틀이나 집에 들어가지 않아서였다.

이 부분에 대해 동칠이 가지는 미안함이란 이루 말할 수 없는 것이었다.

애초의 목적은 가르데일을 달래주고 각 길드장들의 불만을 삭여 주는 동시에 마잔베르크의 침입에 대비할 생각으로 지은 것이었는데, 막상 차려 놓고 보니 이건 놀자판이었다.

솔직히 동칠은 당구장을 차리고 그다지 즐거움을 느끼진 못했다. 상대가 될 만한 사람이 있어야 즐거울 텐데, 전혀 그렇지 못한 때문이다.

그 불만의 화살을 동칠은 마잔베르크에게 돌렸다.

'오려면 빨리 와라. 그래야 당구장 문을 걸어 잠그던가 하지!'

그게 벌써 한 달이었다.

와룡반점이 한 달이나 휴업을 하니, 여행자들과 상인의 불만의 목소리도 터져 나왔다.

와룡반점 음식을 먹으러 온 여행자들이 헛걸음을 했다며 툴툴거렸고, 그것이 원인이 되어 여행자 길드는 와룡반점을 목적으로 하는 여행자들을 더 이상 받지 않았다.

그러니 여행자들이 줄어들며 자연히 매상이 줄어든 상인들도 아우성을 치는 것이다.

그렇다고 와룡반점이 다시 개점을 하는 것도 우스운 일이었다.

생사가 갈릴지 모르는 판국에 버젓이 장사를 할 수는 없는 노릇이 아닌가!

가르데일이 섀도우 소더들로 하여금 마잔베르크의 동태를 파악해오라고 명을 내렸다지만, 어떻게 된 인간들이 돌아오질 않았다.

무엇보다 정말 이해가 안 되는 건, 그들의 안위가 걱정되지 않는 듯한 가르데일이었다.

'당구장 때문에 그랬을 수도 있다.'

동칠은 그렇게 생각했다.

조금 더 이 생활을 즐기고자, 보고를 받았는데도 가르데일이 딴청을 부린다고 여긴 것이다.

아무래도 손님들이 밀려들다 보면 가르데일이 당구장에 있을 수 있는 시간도 줄어들 게 아닌가.

사실이 그러했다.

가르데일은 이미 섀도우 소더들로부터 마잔베르크가 제 영지 지키기에 혈안이 되어 있다는 보고를 받았다. 그럼에도 입을 꾹 닫고 있는 것이다.

그만큼 당구는 가르데일에게 있어 고스톱만큼 파격적이고, 환장할 정도로 재미있는 놀이였다.

하지만 동칠은 그 같은 추측을 억측이라 치부해버렸다.

상대는 그와 철천지원수가 아닌가!

결국 그는 가르데일의 표정에 자리한 느긋함을 이해할 수가 없었다.

이따금씩 데몬도 동칠이 느끼는 그대로를 느끼고 있었지만, 지금은 그것이 문제가 아니었다.

"동칠, 당신 차례입니다."

딱 파논이 부길드장과 돌아갈 그때를 기다렸다 건넨 말이었다.

동칠은 하는 수 없이 큐를 잡았다.

"제 공이 어떤 거죠?"

가르데일이 공을 가리키고 가볍게 눈짓했다.

자신의 공이 가장 안쪽에 있었다. 그리고 빨간 공 2개는 붙어 있다.

그렇다고는 하나 흰 공이 앞을 가로막고 있어 직접 맞출 수가 없었다.

사람들의 이목이 동칠에게 쏠렸다. 과연 저러한 공은 어떻게 칠 것인가 마냥 궁금한 눈치다.

그런데 동칠은 자세를 잡자마자 자신의 공을 이용해 앞쪽의 맨 벽을 때렸다.

사람들은 동칠이 왜 저런 행위를 하는지 의아했다.

'포기한 건가?'

그러나 길게 볼 일이었다.

맨 벽에 세 번을 부딪친 흰 공이 붙어 있던 빨간 공들을 정확히 맞춘 것이다.

구경꾼들의 눈이 찢어질 듯 부릅떠지며 여기저기에서 탄성이 내뱉어졌다.

"저럴 수가!"

"저렇게 치는 방법도 있구려."

"오오!"

"당신은 당구의 신이요!"

가르데일과 데몬은 물론, 이 자리엔 없는 샨을 제외한 종업원들과 각 길드장들마저 빠짐없이 놀란 눈을 하고 있었다.

그들 입장에서는 당연한 일이었다.

순식간에 공을 확인하고 맨 벽을 때리는데 저토록 정확하게 들어가니 그저 신기한 것이다.

이런 일이 한두 번이 아니었던지라 동칠은 멋쩍게 웃고 말았다.

그 후로도 여섯 큐를 더 치니 사람들의 눈은 이제 경악으로 물들었다.

"한 번에 일곱 개나!"

그게 화근이었다.

틱.

주변에서 너무 놀라대니 그를 의식하다가 그만 큐가 미끄러진 것이다.

"당구의 신도 가끔 실수를 하는군요."

"하하하."

"하하하."

화기애애한 분위기. 그런데 이 평화로운 당구장의 분위기를 깨뜨리는 이가 있었으니, 바로 샨이었다.

"큰일이에요!"

"무슨 일이야?"

동칠의 물음에도 샨은 방방 뛰며 재촉만 할 뿐 그 이유를 설명하지 못했다.

"얼른 좀 와보세요! 지금 이런 거 하실 때가 아니라고요!"

동칠은 더 묻지 않고 큐를 내려놓고서 입구로 향했고, 가르데일과 데몬, 그리고 종업원들도 눈치만 살피다 그 뒤를 따랐다.

벌컥.

동칠이 황급히 장지문을 열었지만 마땅히 안에 있어야 할 것들은 보이지 않았다.

오는 도중 듣게 된 샨의 말대로 헤츨링과 만드라고라가 사라진 것이다.

사태의 심각성을 가장 크게 느낀 이는 데몬이었다.

그는 즐겨 신던 고무신을 벗어둘 생각도 못하고 허둥지둥 방 안으로 들어가 이불과 베개 등을 젖히며 흔적을 찾더니 아무것도 발견되지 않음에 이내 망연자실했다.

"이, 이게 대체……."

샨의 얼굴에 미안함이 떠올랐다.

"화장실 다녀온 사이에……."

잘못은 모두에게 있었다. 아니, 샨에게만 가게를 맡긴 채 만사 내팽개치고 당구를 친 자신들에게 더 큰 문제가 있었다.

그러나 누구 잘못인지 따질 겨를조차 없었다.

"이럴 게 아니라 찾아봐야겠습니다."

"헤츨링이 알아서 나간 것이니 차라리 잘된 게 아닌가."

"우리가 마음에 안 들어 나간 것일 수도 있잖습니까."
"환경이 맞지 않아서일 수도 있지 않은가!"
"미리 안식처라도 마련해주었다면 몰라도 이건 방치해둔 것이나 진배없습니다."
"어째서 그렇게만 생각하는가? 고향이나 제 부모 품이 그리워 간 것일 수도 있거늘."

옥신각신하는 데몬과 가르데일.

이제야 하는 생각이지만, 데몬은 마잔베르크라는 훼방꾼이 왔더라도 헤츨링이 살 만한 집을 만드는 걸 우선으로 삼았어야 했다고 생각했다.

반면에 가르데일은 데몬이 드래곤이라는 존재들에게 기가 죽어 너무 제멋대로 판단하고 있다고 생각했다.

동칠은 적잖은 책임을 통감했다.

여러 일이 겹치는 바람에 경황이 없어 신신당부하던 헤츨링의 안식처보다 당구장을 우선으로 삼아 만든 게 화근이었다.

그리고 사람들이 자주 드나든다는 것을 핑계로 여태 공사를 미뤄온 것도 자신이었다.

가만히 있어봐야 데몬의 눈총을 살 것 같다고 생각했는지 동칠은 그의 편을 들었다.

"찾을 수 있으면 찾아봐야죠. 두 분 의견이 모두 일리가 있다고 생각하지만, 조심해서 나쁠 건 없잖아요."

가르데일도 이를 섭섭하게 생각지는 않았다.

"자네가 정 그렇게 생각한다면 내 찾아봄세."

자신이 귀에 못이 박히도록 얘기를 했을 땐 주장을 굽히지 않더니, 동칠이 한마디를 하니 재깍 태도가 돌변한다.

그에 데몬은 치가 떨렸다.

'일 년 된 고스톱 우정도 소용없군.'

사실 남 말할 처지는 못 되었다. 그 또한 종종 그래왔으므로.

가르데일에게 서운한 마음을 접고 데몬은 행동을 서둘렀다.

"이 일은 우리만 알고 있는 사실입니다. 다른 사람들한테 발각이라도 되면 큰일입니다. 반드시 우리가 먼저 찾아내야만 합니다."

전시 태세나 다름없는 지금, 동원할 사람은 엄청나게 많지만 그럴 수 없는 사정이 있었다.

말이 끝남과 동시에 우르르 몰려나가는 식구들을 보며 샨은 나지막이 한숨을 쉬었다.

또 지킴이 신세가 되어서였다.

* * *

그리고 나흘이 흘렀다.

이때까지 헤츨링과 만드라고라는 알타 산을 정처 없이 떠돌았다.

사람들 눈에 발각이 되는 건 이들도 원치 않는 일이어서 일부러 인적이 드문 곳으로 피해 다녔다. 그러다 보니 아직까지 알타 산을 벗어나지 못한 것이다.

다리도 아프고, 이제는 주방에서 가져온 양파도 떨어지고 없다.

서로 간에 갈등이 촉발된 지는 오래다.

헤츨링은 양파만 찾아대는 만드라고라가 못마땅했고, 만드라고라는 자신을 부추긴 헤츨링이 원망스러웠다.

-언제쯤?

-고생 끝에 낙이 오는 법이오. 너무 재촉하지 마시오.

계속 같은 답변, 같은 질문이었다.

사실 헤츨링에게는 나름의 계산이 있었다.

나약한 육신으로는 이 험한 세상을 헤쳐 나갈 수가 없다. 해서, 그는 드래곤을 찾아갈 생각이었다.

그 드래곤이 어떤 자이건 관계없었다. 로드는 바로 자신이므로.

다른 드래곤과는 다르게 로드 드래곤은 억겁의 세월을 살아간다.

그리고 새로 태어날 생명에 자신의 혼을 불어넣으니 육신이 허물어짐이 끝이 아닌 것이다.

물론 로드 드래곤이라고 해서 무적은 아니었다. 특히나 헤츨링일 때 더욱 그러하다.

만일 이 유생이 죽게 되면, 자신은 정령계를 빌려 휴면을 취할 것이다.

그러나 그 휴면이라는 게, 짧게는 수년에서 길게는 수백 년이 걸리는 일이라 그에게는 상당히 짜증이 나는 일이었다.

결국 그는 못미더운 인간들에게 자신의 안전을 맡기는 게 불안했던 것이다.

이러한 일에 만드라고라 여왕을 끌고 온 것에는 그럴 만한 이유가 있었다.

자신과는 다르게 만드라고라 여왕은 아무 때나 각성을 이루면 그 가공할 힘을 사용할 수 있다. 꼭 성장을 해야만 본신의 힘을 발하는 게 아니라는 얘기다.

하여, 헤츨링은 달콤한 말로 유혹하여 그녀를 데리고 왔다.

그러나 이용해먹고 버릴 생각이 있는 건 아니었다. 그의 기억 속의 만드라고라 여왕은 결코 만만한 존재가 아니었으므로.

헤츨링은 자신이 어떤 드래곤이든 찾아만 가면, 이후 그녀에게 최대한 극진한 대접을 해줄 생각이었다.

그런데 며칠이나 지났다고 벌써부터 한 시간 간격으로 투정을 부리고 있다.

'둘 다 좋으라고 하는 일인 것을…….'

헤츨링은 속으로 겨우 불만을 삭였다.

그렇게 사람들의 눈을 피해 알타 산을 빙글빙글 돌며, 헤츨링과 만드라고라의 시간은 아무 의미 없이 흘러만 가고 있었다.

하늘로 솟았는지 땅으로 꺼졌는지 알 수 없었다.

데몬이 갖은 흑마법을 동원하고, 가르데일이 신출귀몰하게 신형을 날리는가 하면 동칠과 종업원들이 발바닥에 땀띠가 나도록 쏘다녔지만 헤츨링과 만드라고라를 찾아낼 순 없었다.

벌써 닷새나 허탕만 쳤는데도 데몬은 포기해서는 안 된다는 주장만을 앞세웠다.

그러나 오늘은 그놈들을 찾는 것마저 불가한 모양이었다.

율카스가 다리가 부서져라 달려와서는 숨을 몰아쉬며 동칠에게 긴한 얘기를 전했다.

"헉헉, 사장님."

"응?"

"지… 지금 빨리 가게로 가보셔야겠습니다."

"왜? 누가 찾아왔어?"

숨 좀 쉬어보려는 차에 묻는 말에도 율카스는 호흡곤란을 마다 않고 대답하려 했다.

"네, 황… 황."

"황? 황이 뭔데?"

그제야 숨을 돌렸는지 율카스는 비교적 또박또박하게 말을 전했다.

"황제가 왔습니다. 제국의 황제가 말입니다."

황제가 무엇인지 동칠도 모르지는 않았다.

광활한 영토의 제국을 다스리며 많은 왕국과 공국을 그 아래에 둔 무소불위의 권력을 지닌 자.

그러나 왜?

용건을 쏙 빼놓고 말하니 동칠은 재차 질문을 던질 수밖에 없었다.

"우리 가게에?"

"네."

"왜?"

"사장님을 꼭 보고 싶어 합니다."

"나를?"

"네."

동칠은 또 왜라고 물으려다가 관뒀다. 어차피 가보면 알 일이었다.

앞장서라고 말한 후, 그는 율카스를 따라 와룡반점으로 향했다.

저 멀리 와룡반점이 보이기 시작한다.

하지만 전경이 달라져 있었다.

휘황찬란한 갑주를 걸친 기사들이 흡사 조각상처럼 서 있었고, 적색의 로브를 입은 마법사들까지 도열해 있어 그 분위기는 사뭇 장엄하기까지 했다.

그리고 와룡반점의 현관 앞에는 온갖 보석들을 주렁주렁 매단 옷을 걸친 가장 돋보이는 위인이 어디서 내왔는지 모를 황금 의자에 앉아 있었다.

무슨 영문인지 가르데일과 데몬은 그 앞에서 한쪽 무릎까지 땅에 댄 채 경의를 표하고 있다.

또한 판테스와 샨을 포함한 종업원들은 그 뒤에서 고개도 들지 못하고 바짝 웅크리고 있었다.

동칠로서는 정말 이해할 수가 없는 광경이었다. 이곳은 황제의 관할도 아니질 않은가.

지구에서는 보통 다른 국가의 수장에게는 경의를 표하지 않아도 된다.

동칠은 이 세계도 마땅히 그러리라 생각했다.

가까운 예로 리온 공왕도 자신과 와룡반점의 식구들에게

권위를 앞세워 충성을 요구하지는 않았었지 않은가.

이때, 동칠을 알아보는 사람이 있었다. 그는 황제의 바로 옆에서 낮은 목소리로 아뢰었다.

"저 사람이 이곳 주인입니다."

그에 동칠은 물론 율카스도 눈을 동그랗게 떴으니, 그는 바로 아크만 남작이었다. 자장면 한 그릇에 기사들을 맡기고 입신하여 찾아오겠다던 그 말이다.

동칠도 당황스러웠지만, 아까만 해도 그를 보지 못했던 율카스는 더더욱 당황스러웠다.

아니, 혼잡스러웠다. 원래의 주군은 바로 그였기 때문이다.

당연히 향후의 사태가 염려스러웠다.

'우린 어떻게 되는 거지?'

그것은 비단 율카스만이 가지는 염려가 아니었다.

판테스도 보덴, 하만도 머릿속에 꼭 같은 생각을 그리고 있었다.

'어째서 이런 일이……'

무소불위의 권력을 지닌 자.

그가 크루거 제국의 황제, 오테라스다.

오테라스 폰 크루거.

어떤 이도 그의 위신 앞에 장애가 될 순 없었다. 적어도 인간들에게는…….

항거가 불능한 상황이기에 종업원들의 얼굴은 새까맣게 타들어갔다.

왜?

자신들을 내친 주군에 대한 미움, 그리고 지금의 주군인 동칠 사장에 대한 충성심이 그들을 고뇌에 빠뜨린 것이다.

곧 죽는다 해도 판테스들은 동칠 곁에 남고 싶었다. 그것이 바람이요, 소원이었다.

정작 판테스들이 두려운 건 본인들의 죽음이 아니라 동칠의 안전에 누가 되는 것이었다.

역시나 그 권력이 하늘을 찌를 만한지, 오테라스가 동칠을 쳐다보는 것만으로 주변을 주눅 들게 만들 정도의 황실 근위 기사들이 움직였다.

동칠은 황실 근위 기사들에게 양어깨를 붙들려 황제 앞으로 나아갔다.

가르데일도, 데몬도, 종업원들도… 누구도 동칠을 도울 수 없었다.

그저 꼼짝 않고 있는 것만이 능사였다.

괜히 나선답시고 황제의 신경을 거슬렸다가는 무슨 경을 치를지 모르기 때문이다.

황실 근위 기사들에 의해 동칠의 어깨는 짓눌려졌다.

가볍게 누른 그 힘이 얼마나 억척스러운지 동칠은 저절로 다리에 힘이 풀리며 땅에 두 무릎이 붙여졌다.

자연히 동칠의 눈이 치떠졌고, 그 상태로 황제를 마주 봤다.

그 즉시 황실 근위 기사 중 한 명에게서 꾸짖음이 들려왔다.

"무엄하도다!"

사실 동칠이 황제를 치뜬 눈으로 쳐다본 건 배짱이 좋아서가 아니었다.

동칠은 사람과 대화할 땐 눈을 마주 보고 얘기해야 한다고 배워왔고, 죽 그래왔다.

앞서 리온의 공왕을 만나보았지만, 그는 동칠을 아랫사람 취급도 하지 않았을 뿐더러 격을 두고 대하지 않았으니 동칠이 모를 수밖에.

이 세계의 법도를 모르는 그로서는 당연한 일일진대, 황실 근위 기사들의 눈초리는 이미 사나워질 대로 사나워져 있었다.

그러나 황제는 똑바로 자신을 쳐다보는 동칠이 대견한 모양이었다.

"배짱이 좋구나. 짐의 허락 없이 눈을 마주친 건 네가 처음이다."

웅장한 음성. 분위기 탓인지 꼭 사람의 목소리가 아닌 것처럼도 여겨진다.

그 위엄이 이루 말로 형언할 수 없을 정도여서 온몸이 무력감에 젖어가고 있다.

 동칠은 황제란 그릇이 어느 정도인지를 감조차 잡을 수 없었다.

 그러나 어인 일인지 황제는 백옥같이 흰 이까지 드러내며 동칠에게 너그러운 면을 보여 주었다.

 "문제 삼을 생각은 없느니라."

 저절로 숙여졌던 고개가 의아함에 올라가며 다시금 황제와 눈이 마주쳤다. 그에 마찬가지로 황실 근위 기사들의 눈이 도끼처럼 변했다.

 하지만 황제는 도리어 그러한 근위 기사들을 근엄한 눈빛으로 꾸짖고는 동칠에게 자상한 목소리를 건네주었다.

 "단도직입적으로 말하지. 짐은 그대의 음식을 맛보러 왔다."

 그렇다.

 음식이었다.

 미식가라고 떠들어대던 아크만이 입신하여 천하의 진귀한 음식을 찾던 황제에게 와룡반점에서 맛본 음식이 천하제일이리라 얘기한 것이다.

 그렇잖아도 황제는 음식에 굶주려 있었다.

 먹어 배를 채우기는 하되, 대부분의 음식이 불만족스러웠다.

 기분을 상하게 할 정도의 요리를 한 요리사는 가차 없이 목이 떨어져 나갔고, 만족스러운 음식을 올린 요리사에게는 엄청난 보상이 내려졌다.

불과 5년 전만 해도 그는 천하에 못 가진 게 없다고 생각했다.

원하는 모든 보석과 여인을 취했으며, 목표로 둔 왕국과 공국들은 모조리 흡수했다.

마음만 먹는다면 대륙 일통을 이룰 자신감도 있었다.

그에게는 충분한 인재들이 따랐고, 부와 군사력에서도 모자람이 없었다.

그 무렵 진상된 음식은 그의 탐욕을 일깨웠다.

맛있는 요리는 쾌락을 주었고, 입이 즐거우면 하루가 즐거웠다.

이후 오테라스는 음식에 남다른 집착을 보여 왔다.

그러나 분명한 한계가 있었다.

만 가지가 넘는 요리를 먹다 보니 그 맛이 그 맛 같고, 또 그 맛이 그 맛 같아 음식에 대한 욕심이 시들시들해진 것이다.

그 와중에 아크만이라는 인재의 등용은 꺼져 가던 그의 탐욕을 다시금 타오르게 했다.

음식에 관한한 두 사람은 누구보다 말이 잘 통했고, 오테라스는 그 점이 마음에 들어 아크만을 곁에 두었다.

하지만 아크만의 칭찬은 와룡반점에 고정되어 있었다. 천하에 그만한 음식이 없다는 것이다.

 결국 오테라스는 그 음식을 맛보고자 친히 이곳까지 행차했다.

 황제 오테라스의 재촉하는 눈빛에 동칠은 아크만을 보았고, 아크만은 흐뭇하게 고개를 끄덕거렸다.

 자장면을 맛보여 주라는 뜻이다. 그가 먹은 음식이라고는 자장면이 전부였으므로.

 만드는 게 그리 어려운 일도 아니어서 동칠은 나름 언어에 신경 써가며 물었다.

 "지금 만들어 올리면 될까요? 몇 그릇을 만들면 됩니까?"

 이 또한 버릇없는 언사라 생각해 황실 근위 기사들의 눈이 독사 같아졌지만, 오테라스는 그를 일체 문제 삼지 않고 입가에 미소까지 드리운 채 답했다.

 "짐을 위한 것만 만들면 되느니라."

 자고로 함께 먹는 음식이 맛있는 법이 아니던가?

 아크만은 서운했지만 그 앞에서 어떠한 불만도 내색할 수 없었다.

 동칠은 곧장 주방으로 향했고, 요리를 시작했다.

 하는 내내 각별한 신경을 쏟을 수밖에 없었다. 이때껏 와룡반점을 찾아온 위인들 중 가장 대단한 사람이어서다.

 염려가 앞서 쟁반 자장을 만들까 하는 생각도 해보았지만, 오징어가 없다.

오징어 빠진 쟁반 자장을 누가 쟁반 자장이라 할 것인가.

물론 짬뽕도 그러한 시각에서 보면 마찬가지기는 하겠지만……

게다가 쟁반 자장은 그냥 자장보다 훨씬 기름지고 느끼하다. 취향을 탈 수 있는지라, 동칠은 결국 평범한 자장면을 만들기로 결심했다.

간자장도 아닌 그냥 자장면을 만드는 지금도 긴장이 돼 손이 떨리고 있질 않은가.

잘못은 이러한 위화감을 조성한 황제에게 있었다.

심신이 안정되지 못한 상태에서 만든 자장면이 예전 같을 순 없었다.

두어 번이나 버린 뒤에서야 평소 손님 테이블에 올리던 자장면이 만들어졌다.

그렇게 만들어진 자장면이 동칠에 의해 야외로 옮겨졌다.

황제의 표정이 약간 불만스러워 보인다. 올라온 음식이 달랑 둘이어서이다.

자장면과 단무지 비슷한 맛을 내는 파랑 무.

오테라스 입장에서는 당연히 성의 부족이라고밖에 볼 수 없었다.

감히 일개 음식점의 주인 주제에 대크루거 제국의 황제 폐하를 업신여긴다고 생각하게 되니 황실 근위 기사들의 눈이 이제는 이글이글거렸다.

이를 중재하는 게 아크만이었다.

"폐하, 원래 자장면이 이렇사옵니다."

동칠이라고 다른 반찬을 안 주고 싶었겠는가.

하나, 파랑 무도 정말 어렵게 구한 반찬이다. 이외 자장면에 맞을 만한 반찬은 그도 알아볼 수 없었다.

오테라스는 아크만의 말을 듣고 그 부분은 눈감아주기로 했다.

그러나 음식을 먹는 도구를 보니 당혹스러웠다.

"이건 어떻게 먹는 거지?"

동칠은 겁도 없이 오테라스가 집은 젓가락을 맞잡고 자장면을 휘휘 저었다.

"잘 비벼 준 다음에……."

황제를 따르는 이들에게는 그저 무례의 연속이었다.

참지 못한 이들은 팔을 부들부들 떨었고, 동칠을 씹어 먹기라도 할 것처럼 노려보는 이도 수두룩했다.

가르데일과 데몬의 표정도 아연해져 있었다.

'아무리 동칠이 겁이 없기로서니, 그는 대제국의 황제이거늘…….'

오테라스가 느끼는 바도 그와 별반 다르지 않았다.

"그대는 무척이나 대담하군."

칭찬으로 들었는지 동칠은 실실 쪼개며 뒷머리를 긁적였다.

"불기 전에 드세요."

그 모습이 나쁘게 비쳐지진 않았다.

오테라스는 동칠에게서 시선을 거두고 잘 비벼진 면발을 오이채와 함께 입안에 넣었다.

그리고 오물거리기 전부터였다.

'이럴 수가!'

오테라스의 눈이 햇살에 비친 호수처럼 반짝였다.

매우 신선한 충격이었다.

달짝지근한 맛이 혀를 감질나게 하고, 이윽고 여러 번 씹힌 면발이 목으로 술술 넘어갔다.

그의 표정은 즐거움 그 자체였다.

오테라스가 정신을 차렸을 땐, 어느새 그릇은 비워져 있었다.

곧 흥분이 실린 목소리가 무리들 틈으로 퍼져 나갔다.

"으뜸이로다. 가히 내 생전 최고의 음식이라 칭할 만하다."

초조해하던 동칠의 표정이 밝아졌다.

자장면 값을 받고자 하는 생각은 없었다. 그저 얌전히 가주기만을 바랄 뿐.

그러나 오테라스는 만족 어린 눈빛으로 동칠을 보며 명령조로 얘기했다.

"짐의 곁으로 와라. 최고의 대우를 해주겠노라."

다 그렇게 되리라고 생각했다. 당사자인 동칠을 빼고는……

"그럴 순 없습니다."

단호한 대답이 나감과 동시에 중압감이 주위를 짓눌렀다.

황제의 측근들이 동칠의 언사를 문제 삼아 당장이라도 어찌해보려는 것이다.

기어이 푸른 로브를 걸친 궁정 수석 마법사가 손을 모아 아뢰었다.

"폐하, 저자는 너무 무례하옵니다. 간청하옵건대 엄하게 벌하시어 주제를 알게 하심이……."

그러나 이 또한 오테라스 앞에서는 무의미한 일이었다.

"그 입 다물라."

그의 노성이 터지자 아무리 궁정 수석 마법사라 한들 기를 펼 수 없었다.

진노는 동칠에게로 향해졌다.

황제라는 칭호가 괜히 붙여진 게 아닌 듯 오테라스가 뿜어내는 위압감은 동칠의 사지를 옭아맸다.

사고를 쳐서 난생 처음 경찰서에 갔을 때보다 훨씬 두려웠지만, 잘못한 것도 없기에 동칠은 꿋꿋이 버텼다.

이렇게 많은 사람이 있음에도 이제 입을 열 수 있는 사람은 동칠과 황제인 오테라스뿐이었다.

오테라스는 돌변한 태도로 곱지 않은 눈초리를 건네며 얼음장처럼 싸늘해진 음성으로 동칠에게 물었다.

"이유는?"

"저는 이곳이 아니면 음식을 만들 수 없습니다."

물론 거짓말이었다.

염화력을 구사 못한 예전이었다면 가스에 의존해야 했을 테지만, 지금은 마나석을 활용한 화로만 있어도 불을 피울 수 있었다.

그럼에도 이렇게 둘러대는 데는 구속받기 싫은 이유 때문이었다.

동칠의 단호한 대답에 오테라스는 사뭇 의아해졌다.

그에 연유를 물으려다 관두고, 대신에 다른 궁금증을 늘어놓았다.

"할 줄 아는 요리는 몇 가지가 있지?"

"열 가지 정도 됩니다."

솔직한 대답에 오테라스는 만면에 화색을 지었다.

그러나 곧 동칠은 좋아진 오테라스의 기분에 초를 쳐 놓았다.

"그러나 지금은 세 가지 요리밖에 못합니다."

"왜지?"

"재료가 없기 때문입니다."

"구하라. 짐이 도와주겠노라."

일방적인 말이었다.

당황하는 동칠은 안중에도 없는 듯 오테라스는 마법사들을 향해 소리를 높였다.

"부근에 황실과 통하는 마법진을 설치하라."

"지엄하신 명을 받들겠나이다."

이어 오테라스는 동칠에게 말했다.

"그대는 최고의 음식을 만들어라. 짐이 모든 환경을 제공하겠노라."

비단 그뿐이 아니었다.

와룡반점의 인근으로 크루거 제국의 기사들과 마법사들이 배치되었다.

동칠의 신변에 이상이 생기거나 와룡반점을 지켜 내지 못하면 자신들의 목이 달아날 터였기에, 비장한 각오가 그들의 얼굴에 서려 있었다.

그리고 뜻하지 않은 황제의 등장으로 와룡반점에는 많은 변화가 일어났다.

무엇보다 분위기가 무거워졌다.

"이거 큰일이군요. 헤즐링도 찾지 못했는데……."

한숨을 내쉬는 데몬을 가르데일이 낮은 음성으로 타박했다.

"지금 헤즐링이 문제인가?"

동의하는지 데몬은 연거푸 한숨만 내쉬었다.

"후우, 왜 이렇게 꼬여 가는지 모르겠군요."

그렇다고 이 상황에서 헤츨링을 와룡반점으로 데려오는 것도 문제였다.

보자기 등으로 싸서 안 들키게 가져와도 될 일이었지만, 향후가 걸린다. 들키지 않을 만한 거처를 헤츨링에게 마련해주는 것부터가 간단한 문제가 아니기 때문이다.

동칠도 갑갑한 심정이었다. 황제에게 구속받고 있다는 느낌이 들어서였다.

와룡반점을 보호한답시고 주변에 깔린 군대 자체가 그러하다.

종업원들도 향후 자신들이 어떻게 될지 심히 걱정스러워 다들 낯빛이 어두웠다.

'이제 우리는 어떻게 되는 거지? 사장님 곁에 남고 싶은데……'

곧 황제를 배웅하러 간 아크만이 돌아올 것이다.

그리고 근심거리는 정말 빨리도 찾아왔다. 황제에게 배정받은 기사 둘과 함께 아크만이 와룡반점을 찾은 것이다.

주군으로 모시며 따르던 예전과 달리 종업원들은 달가움으로 그를 맞아들일 수 없었다.

죄지은 게 있어 그런지 아크만도 과거의 기사들에게 시선을 두지는 못했다.

대신 그는 동칠에게 시선을 고정시켰다.

"하하, 이거 오랜만일세."

"그러네요."

탐탁찮은 대답에 아크만은 성큼 걸음을 옮겨 동칠 곁에 바짝 달라붙었다.

"우리 따로 얘기 좀 하세."

그가 무슨 말을 하려는지 동칠은 짐작하고 있었다.

그리고 그걸 피하고자 하는 생각도 없어 열려 있던 방문을 가리켰다.

"저쪽에서 얘기하죠."

그러자 눈치만 살피던 산을 제외한 종업원들은 덜컥 겁이 났다. 혹여 사장님이 자신들을 그에게 다시 넘기지 않을까 염려가 되었던 것이다.

"안 됩니다!"

소리치며 일어나는 하만을 보덴과 판테스가 붙들어 앉혔다.

판테스는 덧붙여 나직이 말했다.

"결정은 주군이신 동칠 사장님이 하시는 것이다."

필시 들었을 텐데도 동칠은 시선 한 번 주지 않고 아크만과 방으로 들어갔다.

그리고 동칠이 장지문을 닫기도 전에 아크만은 돈부터 꺼냈다.

"그럼 미뤘던 계산을 하세."

동칠은 차분히 문을 다 닫은 뒤, 자리로 가 양반 다리로 편히 앉았다.

 반면 초조함을 떨치지 못한 채 아크만은 동칠에게 1골드를 내밀었다.

 "잔돈은 필요 없네. 그간 내 기사들을 맡아줘서 고맙네."

 동칠이 고개를 젓자 아크만은 다시 호주머니를 뒤적였다.

 "돈이 부족한가?"

 그럼에도 동칠은 계속 고개를 젓는다.

 1골드. 동칠에게는 돈도 아니다. 물론 액수가 다르더라도 생각은 변함없을 것이었다.

 "기한이 지났어요."

 그 다부진 음성에 아크만의 눈썹이 모였다.

 "기한이 지나다니? 자네와 계약할 당시 난 기한을 적시하지 않았는데."

 "아무튼 싫다 이겁니다. 금방 올 것처럼 얘기하신 분이 벌써 오늘이 며칠입니까?"

 "이 사람, 입신이 쉬운 줄 아나? 이 정도 시간이면 짧은 것이었네. 어서 내 기사들을 돌려주게."

 "싫은데요."

 "자, 자네!"

 입신을 했다고 해서 그 유약한 심성이 변하지는 않았던 모양이다. 언성을 조금 높이는 것으로 아크만은 분을 달래고 있었다.

그리고 잠시 뒤, 그는 자그마한 목소리로 되물었다.

"왜인지 물어도 되겠나?"

"정이 들어버렸어요."

아크만의 얼굴에 희비가 교차했다.

그는 일어서 동칠이 했던 대로 장지문을 열었다.

그리곤 판테스를 비롯해 과거 자신을 따랐던 기사들을 살폈다.

반응은 반반이었다.

보덴과 하만은 불만 섞인 눈으로 자신을 쳐다보았고, 판테스와 율카스는 눈을 마주치기 싫은지 고개를 숙였다.

이로써 갈 길은 정해졌다.

아크만은 옆에 1골드를 놔둔 채, 방에서 내려와 구두를 신었다.

잊은 게 아닐까 하고 동칠은 주운 1골드를 돌려주려 했으나 그는 애써 밝은 목소리로 사절했다.

"그건 받아주게. 내 기사들에게 행복을 안겨 주어 고맙네."

그 말을 남기고 아크만은 함께 온 기사들과 와룡반점을 나섰다.

어쩐지 떠나는 그의 뒷모습이 쓸쓸해 보인다. 하지만 그를 따라 떠나겠다는 종업원들은 한 명도 없었다.

불쑥 판테스가 일어서 아크만을 뒤쫓아 갔다.

의아한 상황에 다른 종업원들이 일어섰고, 가르데일과 데몬, 그리고 동칠까지 그를 눈여겨보았다.

판테스는 시선에도 아랑곳 않고 그 앞에 서서 할 말을 전했다.

"건강하십시오."

아크만은 시선을 주지 않았다. 대신 입가엔 꽤나 만족스러운 미소가 떠오른 채였다.

"모두의 뜻이라고 받아들여도 좋겠지?"

"물론입니다."

그로써 무거웠던 아크만의 발걸음이 조금 가벼워졌다.

애초의 목적은 기사들을 거둔 후, 함께 자장면을 먹는 것이었다.

그러나 일이 이렇게 된 지금엔 그리할 여유가 없었다.

무엇보다 글썽거리는 눈을 들키기 싫었고, 아직까지 자장면이나 밝히는 모습 또한 보여 주고 싶지 않았다.

"다시 올지 모르네. 폐하를 따라 말일세."

"언제든지 환영하겠습니다. 감사합니다."

감사하다는 말은 놓아주어 그렇다는 뜻이었다.

아크만은 그에서 진심을 느끼고 조금씩 멀어져 갔다.

❋   ❋   ❋

1만이 넘는 오크들.

전면전을 벌여 봐야 승리한다는 보장도 없었다.

그에 마잔베르크는 이를 바드득 갈며 참고 또 참았다.

무슨 연유인지 오크들은 철탑이 세워진 이후에 물러갔다.

석연치 않은 일이었지만, 마잔베르크는 그것을 우연의 일치라고 치부하고 말았다.

정교하고 섬세하게 지어진 성.

마잔베르크는 멀리서 자신의 성을 바라보며 매우 흡족해했다.

그러나 저 성을 건립하는 데는 엄청난 돈이 들어갔다.

성주인 마잔베르크는 영지를 운영해나가고 발을 뻗어나가기 위해 재정을 확보하고 세를 늘려야 했다.

그를 위해 영지민을 늘리고자 오래전부터 다크 엘프들은 사방에서 사람들과 엘프들을 납치해왔다.

개중 검술이나 마법 등에 소질을 보이는 아이는 그의 군대로 이끌려와 혹독할 정도의 훈련을 받았다.

그리고 훈련을 못 견디고 죽어나가는 아이들은 들판에 버려졌다.

착취와 억압이 이루어지는 이 순간에도 마잔베르크의 욕심은 채워지지 않았다.

"모자라. 아직 한참은."

독한 표정은 오래도록 머물렀다.

지금 그는 한 가지 생각을 떠올리고 있었다. 재정을 늘리는 것과 맞물려 떨어지는 부분이다.

바로 알타 산과 연관된 일이었다.

'알타 산만 집어삼킨다면……'

오랫동안 품은 생각이었다.

오크들이 출몰했다는 전보를 듣고 돌아오는 길에 마잔베르크는 상념에 잠겼었다. 알타 산이 과연 어느 정도의 가치가 있는 곳이기에 비센 귀족들이 혈안이 되어 있는지 궁금했던 것이다.

그길로 그는 모사를 보내 알타 산에 관계된 여러 정보를 빼오게 했다.

그리고 모사가 가져온 정보들은 실로 놀라운 것이었다.

땅값이 천정부지 뛴 상태에서 아직까지 치솟고 있는 점이나 밀려드는 여행자들, 거기다 부근으로 빼곡히 들어찬 상점들은 북새통을 이루고 있다고 했다.

그야말로 군침을 삼키지 않을 수가 없었다.

성이 축조되고 있는 동안에도 지금 정작 중요한 일이 무엇인지 수차례나 되짚어보았지 않았던가.

해서, 마잔베르크는 자신이 이곳에 발목이 붙들린 상황에서 누군가 알타 산을 넘보지 않을까 줄곧 노심초사하며 지내왔다.

그러나 이젠 길이 열렸다.

눈엣가시였던 오크들이 제 발로 물러가 노스페 평야에 그가 바라는 평화가 찾아온 것이다.
 하지만 쉽게만 생각할 일은 아니었다.
 딱 두 사람의 모습이 그의 머릿속에 그려졌다.
 가르데일과 식당 주인.
 '한 놈씩 꾀어낼 수 있다면······.'
 동시 상대는 불가능할 일이었다.
 이에는 가르데일이 했던 말의 압박이 컸다. 그를 가리켜 호랑이라고 하질 않았던가!
 5백의 군대를 이끌고 알타 산으로 향하면서도 마잔베르크의 면전엔 불안함이 가득했다.
 그 두려움은 꼭 가르데일이 하던 생각과 겹쳐 있었다.
 '내 팔과 다리를 흔들 정도면 검이라고 못 그러리라는 법이 없다.'
 닿지 않은 물체를 움직인다는 건 지고지순한 검술의 경지를 일컬음일 수도 있었다.
 그것이 마법이라면 몰라도, 그 힘은 분명 마법이 아니었다.
 '설마 이 인원으로도 불가능한 건 아닐 테지?'
 확실한 승리를 취하기 위해 그는 우수한 병력들만 차출해 왔다. 이 일의 승패가 자신의 미래를 결정지을지도 모르기 때문이다.

그런데도 이 길을 떠나는 건, 기존의 방법으로는 자신의 세력을 확장하는 데 한참이나 시간이 소요될 것을 알아서였다.

굵직굵직한 사건들.

유독 마잔베르크가 좋아하는 일들이었다.

위험부담이 큰 일은 더 큰 이윤을 낳는다.

이 일을 성공으로 이끈 후라 가정하고 확장된 군세를 생각하니 미진베르크의 기분은 들뜨기 시작했다.

그러는 동안 어느덧 바센 왕국으로 들어섰다.

그런데 채 얼마 나아가기도 전에 파발이 도착했다.

"프로센 백작이 일천의 병력을 보내겠다고 했습니다."

미리 지시한 일이었다.

그럴 줄 알았다는 듯 마잔베르크는 흡족해했다.

알타 산이 어느 정도의 병력을 낼 수 있을지 몰라도, 프로센의 병력과 자신의 병력까지 합친 수를 넘지는 않을 듯 보였다.

날이 저물면 쉬고, 해가 뜨면 진군을 했다.

그렇게 만 하루가 지나지 않아 프로센이 1천의 병력을 이끌고 합류했다.

"더 많은 병력이 필요하시다면 언제든 보충하겠습니다."

마잔베르크가 프로센에게 들었던 중 가장 기분 좋은 말이었다.

"크큭, 그래야지."

칭찬 한마디 없는 그가 프로센은 마음에 들지 않았지만, 별수 없었다.

도리어 그는 자신이 속한 왕국까지 거론하며 틀어진 관계를 개선하기를 바랐다.

"바센 전체가 전하를 응원하고 있습니다."

"꼭 자신이 바센의 전신인 것처럼 이야기하는군."

"저희 국왕께서도 제 편을 들어주실 것이옵니다."

대놓고 아부하는 프로센이 마잔베르크는 싫지 않았다. 그래도 그는 전의 프로센을 기억했다.

자신을 이용해 알타 산을 꿀꺽하려던 약삭빠른 자라고.

'차후로도 네놈은 철저히 이용할 것이니라. 아울러 네놈의 왕국도……'

1천5백의 병력이 줄지어 나아가는 광경은 그야말로 장관이었다.

수가 늘어나니 마잔베르크의 자신감도 채워졌다.

'그자가 아무리 마스터를 뛰어넘는 자라고 해도 이 수를 어찌지는 못할 것이다.'

그로부터 하루가 더 지나 페노멘의 영지로 들어서니 유난히 못사는 농노들이 보였다.

그러나 헐벗고 굶주린 농노들을 보는 마잔베르크의 눈에는 동정심이라곤 없었다.

그저 일하는 벌레들로 볼 뿐.

"이쪽은 수확도 별로겠군."

"바로 보셨습니다. 이쪽 영지는 인구는 많지만 노동력은 형편없습니다."

귀족들의 잣대는 그러했다.

그들에게 농노들은 곳간을 채우는 노동력일 뿐이었다.

열심히 일해도 잘 먹지 못해 그런 것인데, 오히려 굶주려야 제대로 된 노동력을 낸다고 믿는 이들도 있었다.

그러나 페노멘의 영지는 그 정도가 심해, 일을 하다 픽픽 꼬꾸라지는 농노들이 수두룩했다.

그를 추하다 생각해 마잔베르크는 눈을 돌렸다. 그러자 그곳에 꽤 흥미로운 대상이 있었다.

"차라리 저자가 낫군. 배부른 거지라니."

보는 대로 빵모자를 기울여 쓴 남자는 무얼 먹었는지 잔뜩 배가 불러 있었다.

술도 진탕 먹었는지 양 볼이 빨갛고 걸음걸이도 비틀거렸다.

그 대상은 바로 동준이었다.

그는 며칠 전 알타 산 인근에서 말린 고기들과 1실버가 넘는 돈이 든 가죽 배낭과 술이 든 가죽 주머니를 주웠다. 아껴 먹으려던 술을 오늘에서야 마신 것이다.

알딸딸하게 취한 동준을 보며 프로센이 짓궂은 미소를 걸

치고는 마잔베르크에게 물었다.

"데려올까요?"

"더러운 것을 데려와 뭐하려고?"

"하하, 먼 길에 심심하실까 봐 그랬습니다. 없던 일로 하겠습니다."

마잔베르크와 프로센, 그리고 그들이 거느린 군사가 멀어짐으로써 동준은 안전해졌다.

그렇게 보자면 동준의 운은 그리 나쁜 편은 아니었다.

몇 번이나 몬스터로부터 도망을 쳤는데 그 사연도 제각각이었다.

위기에 놓였을 때 다른 몬스터가 엮여 들기도 했고, 몬스터 사냥꾼이 끼어들기도 했다.

이 세계에 온 이래, 벌써 몇 차례나 죽을 위기를 모면한 동준이었던 것이다.

다만 정작 필요한 운들은 따르지 않았는데, 그에게 사림들은 무심했다.

무엇보다 이 세계의 언어를 가르쳐 줄 이가 없다는 건 그에게 있어 가장 큰 불행이었다.

어쩌면 남루한 차림과 형편없는 몰골의 영향일 수도 있었다. 이 세계의 사람들 또한 없는 이들을 천대하고 있었으므로.

오늘도 어김없이 알타 산에는 허리에 곤봉을 찬 경찰들이 돌아다녔다.

이는 황제가 기사와 마법사를 와룡반점 부근에 배치한 것과는 별개의 문제였다.

치안을 유지하는 게 경찰들의 목적인지라, 그들이 가지는 자부심은 대단했다.

"자네와 근무를 서는 건 오랜만이군."

"나흘 만일세."

"기억력도 좋군. 그래, 그간 무슨 일 좀 있었는가?"

"있었네. 얼마 전 웬 미친놈이 산에 오르던 아낙을 희롱하려기에 혼찌검을 내주었지."

통쾌함을 느끼는지 곁의 경찰은 흥분한 목소리로 물었다.

"그게 정말인가?"

"그럼. 자네, 내가 빈말할 사람으로 보였나?"

"아닐세. 하하! 잘했군. 잘했어. 그래, 어떻게 혼냈나?"

"이 곤봉으로 두들겨 패니 배낭이며 술병도 팽개치고 꽁무니가 빠져라 도망치더군."

묵직한 곤봉을 꺼내들며 자랑하는 경찰. 돌연 그의 시야로 이상한 광경이 포착되었다.

산 아래쪽 까마득히 멀리에서 까만 점들이 다가오는 게 아닌가.

혹시 잘못 본 게 아닌가 하는 기분에 눈을 씻듯이 비비자, 곁의 경찰이 갑자기 이상한 행동을 하는 그에게 물었다.

"왜 그래? 눈에 먼지라도 들어갔나?"

"저, 저거……"

손가락이 가리킨 곳에 과연 군집된 무리들이 보였다.

"호, 혹시?"

둘의 뇌리에 같은 생각이 머물렀다. 그러나 가만히 둘 성질의 것이 못 되었다.

"그놈일 수 있네. 이럴 게 아니라 나는 어서 알려야겠네! 자네는 저놈들의 동태를 파악해주게."

"알았네."

그길로 치한을 물리쳤다고 자랑하던 경찰은 경찰서로 득

달같이 뛰었다.

 보고는 경찰서에서 와룡반점으로 옮겨 갔고, 경찰서장을 통해 길드장들과 가르데일의 귀에까지 들어갔다.

 '마잔베르크……'

 짐작하고 있던 사항이었다.

 칸타르의 부탁은 영구적일 수 없었다. 평야로 향했던 오크들도 자신들의 부락으로 돌아가야 했기 때문이다.

 지금은 다행히 용병단장 베른이 의뢰를 마치고 돌아온 뒤였다.

 한참 당구에 빠져 있던 베른은 그가 찾아온 걸 영 못마땅하게 여겼다.

 그것은 물론 다른 길드장들도 마찬가지였지만, 언제고 부딪쳐야 할 일이었다.

 "갑시다!"

 와룡반점에서 사람들이 우르르 빠져나가는 것을 보고 의아한 이들이 있었으니, 바로 황제 오테라스로부터 이곳을 사수하라는 황명을 받은 이들이었다.

 "어디를 가시는 게요?"

 순간, 데몬의 눈이 이채를 발했다.

 '이거다.'

 데몬은 어울리지 않게 불쌍한 표정까지 지으며 이곳을 지키던 제국의 기사에게 속사정을 털어놓았다.

"전에 말씀을 안 드렸군요. 이곳은 안전하지 않습니다. 노스페 평야의 지배자라는 마잔베르크가 노리고 있기 때문입니다. 지금 그자가 대병력을 몰고 와 와룡반점을 무너뜨리려 하고 있습니다."

제국의 기사는 눈을 부릅뜨고 물었다.

"그게 정말이오?"

"제가 거짓을 말해서 무얼 하겠습니까."

데몬의 말을 들은 제국의 기사는 그 즉시 다른 제국 기사들과 마법사들을 불러들이고 진지하게 말을 나누기 시작했다.

높다랗게 솟은 초소 위에서 중장 갑주를 걸친 인물이 활시위를 팽팽하게 당겼다. 그 악력이 어찌나 강한지 활대가 부러질 정도로 휘어졌다.

긴장에 파르르 떨던 화살은 시위가 놓아짐과 동시에 짙은 파공음을 내며 대기를 찢고 날아갔다.

피육!

텅.

무서울 속도로 날아간 화살은 거목에 깊숙이도 박혀 들었다.

마잔베르크의 가는 눈은 일찌감치 화살을 좇고 있었다.

"저놈도 범인은 아닌 셈이로군."

공교롭게도 화살 깃에는 흰 종이가 매달려 있었다. 애초에 살상의 목적이 아니었던 것이다.

근처에 있던 프로센 휘하의 병사가 어깨 높이에 꽂힌 화살을 뽑으려 했지만, 아무리 용을 써도 빠지지를 않았다.

보다 못한 프로센의 기사 중 한 명이 나섰으나 그 또한 화살을 뽑을 수 없었다.

그에 마잔베르크가 자신의 친위 기사에게 눈짓을 주었다.

그는 뜻을 알아듣고 곧장 화살이 꽂힌 나무에 다가가 화살을 뽑았다.

쑤욱.

하나만 봐도 열을 알 수 있다고 했다.

프로센은 마잔베르크의 부하와 자신의 부하의 실력 차이를 여실히 깨달을 수 있었다.

친위 기사는 마잔베르크에게 다가가 머리를 낮추고 두 손으로 빼온 화살을 올렸고, 마잔베르크는 그것을 무심하게 받아들고 깃에서 종이를 빼어냈다.

접혀진 종이를 펴자 예상대로 저쪽의 뜻이 담긴 글귀가 적혀 있었다.

〈죽기 싫다면 돌아가라.〉

"고얀 놈~"

말을 곱지 않았지만 마잔베르크는 웃고 있었다. 사악한 웃음이었다.

 이어 그는 모사에게 종이를 뒤집어 건네주며 말했다.

 "적어라. 네놈이야말로 죽기 싫으면 도망치라고."

 마잔베르크의 뜻에 따르면서도 그의 모사는 황당한 표정이었다. 종이에 뭐라 쓰여 있었는지 보지 못한 까닭이다.

 필시 그와 비슷한 글귀가 적혀 있었던 모양이다.

 감히 자신이 따르는 분에게 협박을 했다는 사실에 와락 인상을 구겼던 모사는 감정을 추스르며 적은 종이를 마잔베르크에게 두 손으로 바쳤다.

 종이를 받되, 마잔베르크의 눈은 초소 위에서 화살을 쏜 남자에게 시종일관 고정되어 있었다.

 그는 종이를 꾸깃꾸깃 접어 다시 화살 깃에 매달았다.

 이윽고 놀라운 현상이 벌어졌다. 화살이 희미하게 빛나기 시작한 것이다.

 마잔베르크가 화살에 본인의 마나를 주입한 까닭이었다.

 프로센은 말로만 듣던 소드마스터의 위용을 보게 되어 흥분을 감출 수가 없었다.

 '저걸 어떻게 하려는 거지?'

 직선거리로도 150미터는 떨어진 거리였다. 더욱이 울창한 초목들이 가린 상황이라 아래에서 위로 쏜다고 해도 잘 조준하지 않는 이상 날아갈 것 같지 않았다.

그런데도 마잔베르크는 활을 달라고도 하지 않았다. 그저 세차게 팔을 휘둘렀을 뿐.

마잔베르크의 손에서 떠난 화살은 무시무시한 속도로 초소를 향해 날아갔다.

프로센과 그 휘하들의 놀라움이란 이루 말할 수 없는 것이어서 저마다의 입이 찢어질 듯 벌어졌다.

마나가 실린 화살은 곧 처음 화살을 쏘았던 중장 갑주를 걸친 위인에게 당도했다.

탓.

푸슉.

그도 범인은 아니었다.

그 속도로 날아온 화살을 건틀릿으로 움켜쥐었고, 그에 화살에 실려 있던 마나가 흩어졌으니 말이다.

마잔베르크는 쪽지를 살피는 그를 주시했다. 그가 자신을 협박한 게 허세라고 치부했던 탓이다.

당연히 마잔베르크는 그가 움츠러들거나 허둥댈 줄 알았다. 그것도 아니라면 생사를 초월하는 대단한 각오라도 품은 걸로 생각했다.

한데, 예상과는 다르게 그에게서는 숲을 뒤흔들 노성이 터져 나왔다.

"네 이놈, 크루거 제국을 적으로 돌릴 셈이냐?"

분명 마잔베르크의 신경을 거스르는 외침이었다.

하지만 그가 언급한 부분! 그것은 절대 간과할 수 없는 사항이었다.

"무슨 소리지? 제국과도 연계가 된 건가?"

마잔베르크의 질문이 닿자 프로센은 황급히 양손을 내저었다.

"그렇지 않습니다. 저들과 연계가 된 곳은 리온 공국입니다."

"그럼 저자가 거짓을 입에 담고 있다는 말인가?"

이에 마잔베르크의 모사가 조심스럽게 사견을 내비쳤다.

"아마도 궁지에 몰려 허풍을 떠는 듯합니다. 이렇게 많은 인원이 몰려올 것을 예상 못한 탓이 아니겠습니까."

듣고 보니 일리가 있었다.

"시간을 끌려는 수작일 수도 있겠군."

마잔베르크의 또 다른 추측에 모사는 방긋이 웃었다.

"혜안이시옵니다."

크나큰 판단 착오.

그것은 마잔베르크에게 돌아올 수 없는 강을 건너게 만들고 있었다.

✢　✢　✢

일주일!

동칠이 와룡반점을 떠나온 기간이었다.

마법진을 이용해 파스칼 해안가에 다다른 동칠은 오테라스가 붙여 준 대마법사와 5인의 궁정 마법사들, 그리고 크루거 제국의 3대 기사단인 노바 기사단의 소드마스터 롯테 부기사단장을 위시한 15명의 기사들과 함께 배를 타고 망망대해를 떠돌아다녔다.

그 자신이 고결한 존재라는 걸 역설이라도 하듯, 황제 오테라스는 매번 다른 요리를 요구해왔다.

자장면을 맛본 뒤에는 짬뽕을 맛보았고, 그 이후엔 소고기 탕수육을 맛보았다.

이후로도 계속해서 다른 요리를 맛보고 싶다는 그의 고집을 동칠은 도저히 꺾을 수 없었다.

그리하여 재료가 없다는 사정을 늘어놓은 것이 오늘날 이러한 결과를 불러온 것이다.

새로운 재료를 구하러 떠나온 건 좋았지만, 사실 동칠의 걱정은 태산이었다.

영업을 하루만 못하더라도 주위의 반발이 만만찮다.

와룡반점의 특수를 입은 길드나 상점들을 이야기하는 것이다.

상인 길드의 바르돈과 여행자 길드의 파논이 길길이 날뛰며 성을 내던 모습이 아직도 눈앞에 어른거렸다.

하지만 동칠은 힘이 없었다.

작금의 그로서는 고집이 쇠심줄 같은 황제의 뜻을 거역할 방법이 없었다.

그 자신도 원해서 행하는 일이 아닌데도 주변인들로부터 미움을 받고 있으니, 동칠로서는 서운하기 그지없는 경우였다.

'나라고 좋아서 하겠냐고!'

물론 길게 보자면 메뉴를 늘리는 건 좋은 일이었다. 하지만 준비할 시간도 없이 등 떠밀듯 내보내는 건 동칠에게도 달갑지 않았다.

더군다나 일주일 가까이 건져 올린 물고기들은 하나같이 해괴망측한 것들이었다.

이 바다엔 오징어도 없었고, 그 흔한 게나 아귀, 동태 같은 생선들도 없었다. 물론 샥스핀의 재료가 될 상어 같은 건 더더욱 없었다.

그래도 비슷한 맛을 내는 물고기들이라도 추려 보려 동칠은 건져 올린 물고기의 배를 가르고 찜을 하거나 매운탕까지 해먹어보았다.

하지만 그조차 허사였다.

바다에 사는 물고기가 맞기는 한 건지, 대부분이 육류를 씹는 맛이 나는 것이다.

질기기도 더럽게 질겼다. 꼭 껌을 씹는 기분이랄까?

이마에 주름살이 늘어만 가는 것을 느끼며 동칠은 어렵게 입술을 뗐다.
"그냥 돌아가면 안 될까요? 아무리 찾아도 없는데요."
"폐하께서 원치 않으실 것이오."
한마디 거절에 동칠은 어깨를 축 떨어뜨렸다.
'이게 뭐하자는 짓인지……'
불만이 목구멍으로 나오지 않은 게 다행이었다.
사실 이들도 불쌍한 처지다.
특히 처음 승선할 때, 배 멀미를 못 이겨 구토를 하던 궁정 마법사는 아직도 얼굴이 하얗게 질려 있는 상태였다.
동칠은 하염없이 펼쳐진 바다를 보며 망상에 사로잡혔다.
'이 바다 어딘가는 우리나라 해안가와 맞닿아 있는 게 아닐까?'
아크만은 이곳을 베텔스만 행성이라고 했지만, 그조차 모르는 사항이 있을 수도 있다.
혹, 그 말이 맞다 하더라도 다른 세계로 통하는 문이 있을지도 모르지 않은가.
워낙 바다가 넓다 보니 드는 생각이었다.
동칠은 항해사가 있을 조타실로 다가가려다 말아버렸다.
이미 오징어나 상어가 그려진 그림은 그에게 보여 준 상황. 17년 경력의 항해사가 도통 모르겠다고 고개를 저었으니, 다시 묻는다 한들 결과는 매한가지일 것이기 때문이다.
한두 달 가졌던 생각도 아닌지라 동칠은 자포자기하고 미련을 접어버렸다.

'그건 그렇고, 오징어나 상어 같은 걸 못 잡으면 난 영영 못 돌아가는 건가? 설마… 아니겠지?'

짙푸른 바다에 시선을 둔 채 유달리 평온해 보이는 롯테 부기사단장을 보니 그럴 것 같지는 않아 보였다.

그런다고 걱정이 잠식되는 건 아니었다.

하루라도 빨리 돌아가 영업을 정상화해야 한다.

자신만 애타게 기다리는 사람들 때문이라도 꼭 그래야 했다.

샥스핀까지는 바라지도 않았다.

오징어만 구해도 좀 더 제대로 된 짬뽕에, 쟁반 자장까지 만들 수 있다.

물론 쟁반 자장에도 새우가 빠져서 문제지만.

문득 큰 깨달음이라도 얻었는지 동칠은 손바닥을 주먹으로 내리치며 탄성을 내뱉었다.

"그러고 보니 새우도 바다에서 나잖아?"

이에 대마법사 슐터가 다가왔다.

"좋은 수라도 생각났소?"

대제국의 대마법사가 존대를 한다.

동칠은 여태 그 부분에서 뿌듯함이라든가 자부심을 느끼지 못했지만, 타인들의 시선에는 대단하고 놀라운 일이었다.

크루거 제국의 대마법사라면 소국의 왕 정도는 업신여겨도 될 정도로 제국의 위명은 그만큼 드높았던 것이다.

동칠은 부지런히 스케치를 하며 입을 놀렸다.

"하나 잊은 게 있어서요."

넌지시 쳐다보니 또 괴상망측한 생명체를 그리고 있다.

슐터는 이맛살을 찌푸렸다.

"대체 그런 생명체가 있기는 합니까?"

그 또한 경험이 많은 사람이다.

수십 년 동안 대륙을 종횡하고 바다를 횡단한 그였지만, 결코 저러한 생명체들은 본 기억이 없다.

동칠은 대꾸할 가치를 못 느꼈는지 입을 닫은 채 묵묵히 새우에 수염을 그렸다.

집중하여 자신의 질문을 흘려들었으리라 판단하고 슐터는 입을 달싹거려 좀 더 언성을 높이며 물었다.

"신기하구려. 그건 무슨 생명체요?"

"새우예요, 새우."

슐터는 처음 듣는 단어를 곱씹었다.

"새우……."

그때는 이미 안개가 스멀스멀 깔리기 시작했다. 그 시작점이 어디인지 분간하기 힘들 정도로…….

엎친 데 덮친 격으로 비바람에 풍랑까지 몰아치자 조타실의 방향키가 제멋대로 돌아갔다.

그에 돛은 찢어지고 탑승해 있던 인원들이 사방으로 쏠렸다.

"어어~"

"꽉 잡아요, 꽉!"

난데없는 상황에 동칠은 당황할 수밖에 없었다.

사방이 온통 시커멓다.

배가 크게 기울어져 바다에 빠지기 일보 직전. 동칠은 보이는 기둥에 필사적으로 손을 뻗었다.

주욱.

그러나 원체 큰 기둥이 딸려 올 리가 없었다.

대신에 허공에 뜬 가벼운 동칠의 몸이 기둥으로 빨려가듯 향했다.

그 광경을 본 마법사들은 그것을 눈의 착각으로 받아들이거나 세찬 바람이 역류해 동칠의 몸을 끌어올렸다고 믿었다.

"운이 좋았구려."

안도의 한숨을 내쉬고 동칠은 머쓱히 웃었다.

파도는 잦아졌으나 방향키가 제멋대로 움직이는 바람에 배는 곧 삐죽 솟은 돌부리를 만나 좌초될 위기에 처했다.

그에 마법사들이 뱃전으로 부랴부랴 달려갔다.

그리고 곧 그들의 지팡이에서 푸른빛이 맴돌더니 이내 거대한 바다에 쏘아졌다.

배가 방향을 튼 것은 마법으로 인해 갑자기 변한 물살 덕분이었다.

"한시름은 돌렸군요."

그렇게 말을 하는 걸 보니 롯테 부기사단장도 놀란 모양이었다.

배는 어둠 속을 떠돌아다녔다.

기사들이나 궁정 마법사들은 물론 대마법사 슐터라고 해도 바다가 주는 두려움에서 자유로울 수 없었다.

동칠 역시 마찬가지였다.

한 치 앞도 내다볼 수 없는 상황이다.

동칠은 어쩌면 여기서 생을 마감하게 될지도 모른다고까지 생각했다.

자연히 불만이 목구멍으로 치솟았다.

'아까 가자니깐.'

분명 가자고 했을 때 뱃머리를 돌렸다면 이런 불상사는 벌어지지 않았을 것이다.

동칠은 황제 운운하며 끝끝내 고집을 꺾지 않던 저들이 미웠다.

살아야 황제에게 요리를 주든가 말든가 할 게 아니냐 이야기다.

가뜩이나 황제에게 불만이 많이 쌓인 동칠이다.

아무리 지체 높으신 양반이라 한들, 자유의 몸인 자신을 구속할 수 없다.

아니, 절대 그래서는 안 되었다.

대륙의 경우와 대한민국의 경우가 엄연히 다르거늘 동칠은 그 점을 간과하고 있었다.

스산한 안개 속을 헤매는 배.

누구도 향후의 일을 예견할 수 없었다.

이제는 반대편의 기둥을 붙들고 있는 동료의 식별도 불분명한 상황.

그때, 어디선가 불평이 들려왔다.

"치잇, 이럴 줄 알았으면 예언자나 데리고 오는 건데……."

동칠의 고개가 목소리가 들린 쪽으로 향하니 꼭 야행성 동물처럼 빛을 내는 눈이 보인다. 게다가 눈의 착각인지 입아귀마저 말려 올라가 있는 듯한 형상이라 전신으로 소름이 쫙 끼쳤다.

그 와중에 누군가 응대를 했다.

"그 작자들 말을 믿으라고? 라고… 라고… 라고… 라고……."

어이 된 영문인지 같은 단어가 귀에 왱왱거리자, 사이함을 떨치려 동칠은 고개를 사납게 털었다.

그제야 시야가 정상으로 되돌아오기 시작했다.

"동칠, 괜찮소?"

잠시 정신이 나갔었는지 롯테 부기사단장이 자신의 어깨를 쥐고 힘주어 흔들어대는 중이었다.

동칠은 손바닥을 내어 보였다.

"예, 괜찮아요."

꼭 그렇지만은 않았다. 무슨 일이 있었는지 현기증이 났기 때문이다.

그러나 기현상은 오래가지 않았다.

턱.

끼이~

약간씩 걷혀지는 안개 속을 유유히 나아가던 배가 무언가에 부딪히며, 기사들과 마법사들이 한곳으로 주욱 쏠려 갔다. 안도감에 붙들고 있던 것들을 놓아서이다.

동칠은 궁색 맞게 데굴데굴 굴렀다.

그 와중에 하필이면 배낭을 놓쳐 버려 넣어두었던 젓가락과 그릇들까지 요란한 소리를 냈다.

따그락, 딱딱.

곧 배의 움직임은 멎었고, 미끄러지던 이들과 동칠을 따라 구르던 이들도 제 몸들을 가누며 일어섰다.

동칠은 창피했다.

배낭이 어찌나 잘 굴러가는지 아직도 우스꽝스런 소음을 흘리고 있었기 때문이다.

"하하하."

"아하하하."

여유가 생긴 이들이 배를 쥐고 웃었다. 어쩌면 그것은 안도의 웃음인지도 몰랐다.

잠시 후, 조타실 안쪽에서 선원들이 나와 엉망이 된 닻을 내리고 밧줄을 풀어 육지(?)로 내던졌다.

배가 정박한 옆쪽으로는 완만한 둔덕이 있었다.

먼저 내려진 나무 사다리를 따라 슐터가 움직였고, 롯테 부기사단장이 그쪽을 향하며 동칠을 불렀다.

"동칠, 잠깐 쉬어갑시다."

"네? 네."

뒤늦게 배낭을 찾아 어깨에 걸었다.

삼식의 배낭이었는데, 어깨끈이 찢어지는 바람에 한쪽으로밖에 둘러멜 수 없는 상황이었다.

'돌아가면 바느질이라도 해야겠다.'

동칠이 롯테 부기사단장을 따라 사다리를 타고 내려간 곳은 은빛으로 넘실거리는 자그만 섬이었다.

그렇다고는 하나 동칠과 롯테 부기사단장, 슐터 세 사람이 잠시 쉬어가기에는 무리 될 것이 없는 공간이었다.

어느덧 항해사도 사다리를 따라 내려와 파손된 곳이 없는지 살피기 시작했다.

문득 동칠은 아까 그렸던 새우가 생각났다. 하지만 그림은 이미 어딘가로 사라진 뒤였다.

메모지와 아까운 펜마저 날아간 형국이니 마음이 답답하기 그지없었다.

어느덧 롯테 부기사단장과 슐터는 뿌연 안개 속을 거닐었고, 동칠은 부지런히 두 사람의 뒤를 쫓았다.

먼저 말을 꺼내는 이는 롯테 부기사단장이었다.

"자장면이 그립구려."

"드셔 보셨소?"

슐터의 되물음에 롯테는 그렇다고 시인했다.

"물론이오. 동칠을 보지는 못했지만 몇 번 먹어본 기억은 있소이다."

"허허, 사실 나도 먹어봤다오."

둘은 대단한 발견이라도 한 듯 왁자지껄 웃음을 터트렸다.

동칠은 그런 두 사람이 한심했다. 지금 와서 그런 게 뭐가 중요하겠는가 말이다.

'살아서 돌아가야 하는데……'

두려움이 남았는지 동칠은 좌우를 바삐도 살펴 댔다.

바다에서 험한 일을 겪었으니 무인도나 다름없는 이곳에서 그러지 말라는 법도 없질 않은가.

"이 섬은 매우 좁구려."

"흠, 여기가 끝이라니……."

슐터와 롯테가 딱 그렇게 말할 무렵이었다.

탁.

동칠은 좌우만 살피고 가다 발밑을 신경 못 쓴 채 엎어질 뻔했다. 롯테 부기사단장이 삽시에 다가와 어깨를 잡아주지 않았다면.

"괜찮소?"

"아, 네. 덕분에요."

슐터는 그런 동칠이 영 못 미더운지 쓴소리를 내뱉었다.

"조심 좀 하시구려. 당신의 안전에 우리 목이 걸려 있소이다."

허리가 굽혀진 자세 그대로 동칠은 머쓱히 웃었다.

그런데 막 허리를 펴고 일어난 순간이었다.

30여 미터 전방의 바다에 둥실 떠 있는, 정말 예상 외의 것이 눈에 보였다.

"응?"

그것은 수면 위로 떠오른 상어 지느러미와 매우 흡사했다.

이브릴 라슈타르크.

오래도록 이 바다에 몸을 담고 살아온 고룡의 실버 드래곤이다.

누군가 바다에서 가장 두려운 생명체가 무엇이냐고 묻는다면 대부분은 크라켄이라고 답할 것이었다.

틀린 얘기는 아니었다.

그러나 그 크라켄이 감히 접근조차 못하는 영역이 있었으니, 라슈타르크의 영역이었다.

크라켄을 포함한 이 해역의 모든 생명체들이 마땅히 두려워해야 할 대상!

그것이 바로 이브릴 라슈타르크였다.

물론 실버 드래곤은 이브릴 라슈타르크 혼자가 아니었다.

다만 해역이 달랐다. 바다를 지배하는 실버 드래곤들은 그 힘의 크기에 맞게 이 망망대해를 등분하여 관리했던 것이다.

이브릴 라슈타르크는 실버 일족 중에서도 가장 강대한 힘을 가진 드래곤이었다.

유구한 생을 살아오는 동안, 그를 화나게 했던 존재라고는 없었다.

그러나 이번만은 예외였다.

크와아아아악!

바닷물 밖으로 긴 목을 빼어 내지른 그의 포효는 하늘 높이 흘러가던 구름을 흔들리게 만들었으며, 바닷속의 생명체들에게까지 공포를 심어주었다.

이브릴 라슈타르크를 중심으로 원형으로 퍼져 나가던 파도는 멎었지만, 그의 진노에 수면이 파르르 떨었다.

-감히 어떤 놈이! 끄드득.

이토록 그를 노하게 만든 대상!

바로 허락 없이 지느러미를 잘라간 동칠 일행이었다.

애당초 떼어간 동칠 일행이 잘못한 거지만, 꼬리에 붙은 지느러미를 잘라갈 때까지 세상모르고 자고 있던 그에게도 문제는 있었다.

수십 개가 있는 지느러미이고 잘려 나간 건 유독 작은 지느러미였으며 또다시 자랄 지느러미이긴 했지만, 그의 자존심은 상처를 입었다.

누가 자신에게 이런 무례를 범했던가?

누가 자신의 고결한 육신을 상하게 했던가?

머릿속을 아무리 뒤져 봐도 없는 기억이었다.

첨탑처럼 가늘고 길게 솟은 뿔이, 구름 뒤로 모습을 드러낸 태양에서 쏟아지는 햇빛을 예리하게 잘라냈다.

부리부리한 눈은 걸리는 모든 걸 소멸시킬 듯 보였으며, 날카로운 이빨은 모든 것을 가루로 만들 듯했다.

거대한 동체가 움직이니 해일이 일어났다.

아무리 물에 살고 있는 물고기라 한들 그 풍압을 이겨 내지 못하니 갈기갈기 몸이 찢어졌다.

하나, 바닷속을 유영하던 생명체들의 죽음일랑 그의 안중에도 없었다.

'고통의 지옥을 선사하리라.'

스스로 그렇게 다짐을 굳히고 기다렸다.

그러나 하루가 가고 이틀이 가도 그를 노하게 한 것으로 추측되는 대상들은 나타나지 않았다.

※ ※ ※

"헉헉……."

 붉어진 어깨를 누르며 힘이 빠진 다리를 억지로 이끌었다.

 요 며칠은 악몽이었다.

 부하들이 수도 없이 눈앞에서 죽어갔으며, 자신도 치명적인 상처를 입었다.

 오른쪽 어깨뿐만 아니라 왼쪽 옆구리도 피로 젖어 있었고, 오른쪽 허벅다리마저 뼈가 훤히 드러나 보일 정도로 깊은 자상이 남았다.

 목숨이라도 부지하기 위해서는 퇴각해야 했다.

 먼저 퇴각한 프로센을 탓할 생각은 없었다.

 물밀듯이 밀려드는 크루거 제국의 정규군을 무슨 수로 감당한다는 말인가!

 그보다 퇴각 결정이 늦은 자신이 바보였고 멍청이일 뿐이다.

 창대한 꿈을 꾸며 살아온 수십 년의 세월이 수포로 돌아갔다.

 다시 어디에서, 어느 세월에 뜻을 함께할 다크 엘프들을 끌어 모을까.

 마잔베르크는 절망에서 쉽사리 헤어나질 못했다.

 인간과 달리 다크 엘프는 소수 종족이다.

또한 죽어간 다크 엘프들은 강자들이었고 혹독한 훈련을 거쳤었다.

하니, 다시 그만한 인원을 보충하기란 결코 쉬운 일이 아니었다.

마잔베르크는 앞이 깜깜했다.

순간의 판단 착오가 이러한 결과를 낳을 줄 전혀 짐작치 못한 탓이다.

'제국의 정규군이라는 걸 알았을 때 대화에 응했어야 했다.'

지금에서야 가지는 뒤늦은 후회. 하지만 현실은 달라지지 않는다.

"모든 게 꿈이었다면……."

그 또한 가당치도 않은 바람이었다.

그를 일깨워주려는 듯, 여럿의 발소리들이 지근으로 다가오더니 기어이 한 인간의 고함 소리가 크게 퍼져 나갔다.

"샅샅이 뒤져라. 어딘가에 있을 것이다!"

"충!"

마잔베르크가 나무 뒤에 몸을 숨긴 지금에도 크루거 제국의 정규군은 피를 더 보겠답시고 눈에 불을 켜고 미친 듯 혈안이 되어 뛰어다니고 있다.

그들이 멀리 가고 난 다음에야 마잔베르크는 참았던 호흡과 함께 나직한 목소리라도 낼 수 있었다.

"일단은 살아야 한다."

크루거 제국.

자신이 목표로 삼았던 대상이다.

그러나 겪어본바 그 같은 꿈은 무리한 것이었다.

2백 년, 아니 3백 년 정도를 살며 꾸준히 힘을 비축했다면 모를까, 수십 년 쌓아온 힘으로는 부닥칠 생각조차 말아야 했다.

남들 앞에 자랑거리 삼던 충직한 부하들은 어디로 가고 뼈 아픈 후회와 반성만이 그에게 남았다.

혼전의 와중에서도 분명 살아남은 다크 엘프들이 있을 것이다.

잃어서야 소중함을 느끼는지 마잔베르크는 휘하의 부하들을 한 명이라도 더 찾아서 돌아가겠다고 거듭 다짐했다.

그런데 운명의 장난일까? 낯익은 얼굴이 시야에 잡혔다.

와룡반점의 주인이자 가르데일이 호랑이라 지목했던 인물.

바로 동칠이었다.

동칠은 무사히 지느러미를 잘라 롯테 부기사단장과 대마법사 슐터를 비롯한 일행들과 함께 이제 알타 산 인근에 도달한 참이었다.

어지러이 병장기들이 널려 있는 것을 본 동칠은 소감 한마디를 내뱉었다.

"난리네요."

"주제넘게 제국에 엄포를 놓았다고 했으니 당연하지 않겠소?"

전쟁의 참혹함은 지금 이 자리에는 드물었다. 시산 인해를 이뤘던 전장과는 반대편이었기 때문이다.

그래도 간간이 시체가 보이는지라 동칠의 이맛살은 한껏 찌푸려졌다.

비위가 약한 이들은 시체만 보아도 구토를 하고 현기증을 느꼈을 테지만 동칠은 아니었다.

그에게도 적응기는 있었던 탓이다.

이 세계에서 몬스터에게 참혹하게 물어 뜯겨 죽은 시체를 보기 전에도 대한민국에서 자라올 동안 교통사고나 화재, 익사 등 여러 사망 사고를 목격했던 그였다.

또한 동칠은 공포 영화를 즐겨 볼 정도로 나름 강심장이었다.

동요하지 않는 그를 보며 롯테는 입에 발린 칭찬을 했다.

"음식만 잘하는 줄 알았더니 배짱도 좋구려."

속으로는 씁쓸했지만 동칠은 머쓱히 웃고 말았다.

오는 도중 동칠은 사연을 들었다.

와룡반점을 노렸던 마잔베르크의 군대가 제국의 정규군에 의해 참패를 했다는 것!

그러나 적이라 한들 차갑게 식은 육신을 보는 건 그다지

기분 좋은 일이 못 되었다.

 마잔베르크의 악행에 대해 동칠은 가르데일로부터 귀가 따갑도록 들었다. 그리하여 그는 악인이라는 인식이 제대로 박힌 상태다.

 '나쁜 건 마잔베르크라는 그 사람이잖아. 하여튼 사람 잘 만나야지. 이 사람들이 무슨 죄야?'

 동칠은 마잔베르크를 탓하는 것으로 착잡한 기분을 달래었다.

 그때, 멀리서 그를 보는 마잔베르크는 주눅이 들어 있었다.

 '내가 허황된 꿈을 꾸었단 말인가?'

 누군가에 대해 알려면 주변인을 보라고 했다.

 동칠과 함께 있는 자들은 겉모습이나 차림새로만 보아도 자신이 상대했던 정규군과는 질이 다른 인간들이었다.

 특히나 그의 시선은 롯테 부기사단장과 대마법사 슐터에게 오래 머물러 있었다.

 사람 보는 눈은 있는 것이다.

 전쟁이 벌어진 상황에서도 와룡반점은 죽 평화로웠다.

 다만 시끌벅적하기는 했다. 마법진이 미어터질 정도로 제국에서 보낸 병력들이 쏟아져 나왔기 때문이다.

 길드장들은 하루에 한 번 꼴로 와룡반점을 찾았다. 그중에서 바르돈과 파논은 땅이 꺼져라 한숨을 푹푹 쉬었다.

"이러다 쓰러지겠소."

"우린 손해배상만 해주다가 부도나게 생겼습니다."

오늘이면 오겠지, 내일이면 오겠지 하고 생각한 게 제법 시일이 흘렀다.

상인 길드의 회장인 바르돈은 상인들의 요구에 못 이겨 여행자 길드의 파논을 채근했다.

그도 그럴 것이 그 많던 여행자들의 목적은 와룡반점이었던 것이다.

그러나 작금은 와룡반점이 휴업을 하는 상황이라 여행자들의 발길이 무척이나 뜸해진 상태였다.

자연히 비싼 자릿세 내가며 장사를 하는 상인들의 매출이 바닥을 쳤으니 불만이 터져 나오는 것은 당연지사였다.

동칠이 금세 올 것처럼 이야기했기에, 바르돈의 닦달에 못 이겨 파논은 하는 수 없이 와룡반점을 목적으로 하는 여행자들을 받기 시작했다.

그에 마법진으로 엄청나게 많은 사람들이 밀려들었다. 그동안 벼르고 있던 여행객들이 그만큼 많았던 것이다.

그러나 동칠의 귀환이 하루 이틀 기약 없이 늦어지자, 바르돈과 파논의 시름은 깊어졌다.

파논은 바르돈이 밉기까지 했다.

그가 재촉하고 닦달하지만 않았어도 매상은 떨어졌을지언

정 신뢰를 잃지는 않았을 것이기 때문이다.

 이와는 반대로 미소 짓는 이들이 있었으니, 숙박업소의 업주들이었다.

 음식점을 비롯한 여관 등은 그야말로 미어터질 지경에까지 이르렀다. 동칠이 늦어지며 뜻하지 않게 반사이익을 얻은 것이다.

 그러나 행복은 곧 모두에게서 멀어져 갔다. 여행객들이 속았다며 환불을 요구하고 나섰기 때문이다.

 가장 큰 타격을 입은 곳은 당연히 여행자 길드였다.

 환불을 받은 여행객들은 툴툴거리며 떠나가기 시작했고, 그로 인해 상점가나 숙박업소 등의 매출도 뚝 떨어졌다.

 모두가 동칠을 그리워하고 애타게 찾고 있었다.

 "대체 어디서 뭘 하시는 게요?"

 문득 섞이는 말소리가 있었다.

 "아직도 안 왔소?"

 불만스럽게 툭 튀어나온 음성. 아첸 대장장이 길드의 아첸이었다.

 유동 인구가 적어지니 그 역시 의뢰와 손님이 확연히 줄었던 것이다.

 아첸의 불만은 다른 곳에도 있었다. 바로 제국의 정규군들이다.

 상단의 사람들이 전투를 했다면 지금도 눈코 뜰 새 없이 바빴을 것은 당연하지 않겠는가!

 물론 그도 기본적인 양심은 있었기에 여기 있는 누구에게도 그 속내를 내비칠 수는 없었다.

 하지만 대장장이들끼리는 간간이 그러한 불평을 했는데, 병장기를 제작하는 일만큼 그들의 소득을 올려 줄 수 있는 일거리는 없던 탓이다.

 바르돈이 고개를 젓는 걸 보며 아첸은 걱정을 얘기했다.

 "줄지어 망하게 생겼군."

 틀린 말도 아니었다.

 와룡반점의 특수 효과가 사라지면 누가 알타 산을 찾겠는가 말이다.

 그런 그 자리에는 한 사람이 더 있었다.

 그는 침묵하고 있다가 각자의 걱정만 늘어놓는 세 사람을 향해 일갈을 터트렸다.

 "보자 보자 하니까 너무들 한 것 아니시오? 동칠의 안위부터 걱정해야 우선이 아니냐는 말이외다!"

 베른이었다.

 이에 이의라도 제기할 시에는 주먹이라도 날릴 기세다.

 비단 협박이 실려서가 아니었다.

 베른의 말에 깨닫는 바가 컸는지 세 사람은 반성하는 기미를 보였고, 그 가운데 파논은 긴 한숨을 토해냈다.

 "후우, 우리라고 어찌 그가 걱정이 안 되겠소. 하지만 하도 처지가 답답해지니……."

바르돈은 찔리는 게 있었기에 재빨리 파논의 편을 들었다.

"이러나저러나 결국 동칠 걱정이 아니오? 우리도 그가 무사히 돌아오기만을 학수고대하고 있다오."

하지만 베른의 표정에서는 서운함이 그대로 드러났다. 동칠의 안전보다 자신들의 안위에 우선순위를 두는 길드장들에게 환멸을 느낀 탓이다.

아첸은 사태를 수습하려 애를 썼다.

"그만들 합시다. 우리가 언제 이렇게 티격태격했소? 이게 다 동칠이 없어서 생긴 일이오이다. 한마음으로 그가 돌아오기만을 바랍시다."

분명한 건 네 사람 모두 그의 공백을 안타까워한다는 사실이었다.

성격부터 사고방식 등 너무 많은 게 다른 사람들이었다.

그런 이들을 하나로 엮어준 건 바로 농실이었고, 그것을 부정할 자는 아무도 없었다.

그러한 애타는 바람은 마당에서 얘기 중이던 그들에게만 있는 것이 아니었다.

와룡반점 안에서도 무거운 한숨 소리들이 연거푸 쏟아져 나왔다.

"사장님이 잘못되신 건 아니겠죠?"

생각이 그쪽으로 기우니 샨의 눈에는 눈물이 그렁그렁 차올랐다.

가르데일이 그런 샨의 말을 극구 부정했다.

"쉽게 죽을 사람이 아니야."

데몬도 뜻을 같이했다.

"그럼요. 필시 멀리 갔기 때문일 겁니다. 동칠이 원하는 재료를 구하기가 어디 쉬운 일이랍니까?"

종업원들의 얼굴에도 믿음이 있기는 했다.

하지만 샨이라고 동칠의 가공할 힘을 목격하지 못한 건 아니다.

다만 금세 돌아오겠다던 사람이 아직까지 안 돌아오니 걱정이 앞섰던 것이다.

불안한 가정이 튀어나와서인지 가르데일도 곰곰이 경우의 수를 헤아려 보았다.

'동칠이 죽을 만한 환경!'

없진 않다.

아무리 뛰어난 인간이라 해도 자연재해 앞에는 속수무책일 터.

일례로 대륙 최초의 소드마스터는 벼락을 맞고 죽었다고 했다.

그뿐인가?

전설의 대마도사인 타마르크도 폭풍에 휩쓸려 실종되었다고 했었다.

어떤 이들은 벼락을 맞고도 전류가 몸을 통과해 살았다고는 하지만, 그건 어디까지나 천운일 뿐이다.

특히 동칠이 향한 곳은 바다라고 했으니 조금 더 위험한 상황들이 도사리고 있을 건 당연했다.

거대한 자연 앞에서 인간은 결국 미물일 뿐이었다.

마잔베르크만 아니었다면 가르데일도 동칠의 여정에 동참했을 것이다. 하나, 그는 자신으로 인해 야기된 사태에 책임감을 느끼고 와룡반점에 남았던 것이다.

고맙게도 데몬이 협력해주었다.

그러나 동칠이 황제에게 등이 떠밀리다시피 하여 떠나고, 마잔베르크가 제국의 정규군을 건드렸을 때부터 가르데일은 그에게서 관심을 접었다. 마잔베르크의 운이 다했다는 걸 직감했기 때문이다.

그리고 그 직감은 그대로 들어맞았다.

이 사태에 제국의 정규군이 본격적으로 개입함으로써 이쪽에서 병력을 모아 협력할 필요성도 사라졌다.

이는 제국에 대한 도전으로 받아들여지기도 했지만, 동시에 황제가 와룡반점을 각별히 생각한다는 뜻도 되었다.

가르데일 자신만이라도 제국을 돕고자 하는 의사는 있었지만, 솔직한 말로 끼어들 자리조차 없었다.

소드마스터가 아무리 귀하다고는 하나 크루거 제국에는 그 경지에 오른 이들이 결코 적질 않다.

따라서 명함은 들이밀 수 있을지언정 그다지 반김은 받지 못할 게 자명했다.

다들 한자리씩 꿰차고 있는 상황에 공훈을 세운다 한들 그들의 질투와 시기만 받아야 할 것이기 때문이다.

그저 산 정상에서 마잔베르크가 부하들과 혼쭐이 나는 모습을 보며 키득거리던 가르데일이었다.

그러나 즐거운 시간은 그리 길지 못했다.

동칠이 만들어준 며칠 분의 식사가 동이 나버리며, 다른 음식들을 사먹어야 했기 때문이다.

그것은 그에게만 국한되는 사항이 아닌 와룡반점의 식구들 모두가 겪는 불만이었다.

맛있는 것을 먹다 맛없는 것을 먹으면 그 불평불만은 배가 된다.

왜, 이따금씩 새들도 달콤한 사탕이나 과자를 주면 그 맛을 못 잊고 다른 음식을 입에 안 대어 굶어죽는다고 하지 않던가!

예전에는 곧잘 입에 대던 음식들이 더럽게 맛이 없다고 느껴지고부터 와룡반점의 식구들은 하루라도 빨리 동칠이 돌아오기만을 기다렸다.

그런데 샨이 던진 물음으로 이제는 영영 그 음식들을 맛보지 못하는 게 아닐까 불안해지는 그들이었다.

하지만 그 불안한 심정들은 오래 머물지 않았다. 밖에서

귀가 따가울 정도의 외침이 들렸기 때문이다.
"동칠, 대체 어딜 갔다 온 거요?"

 한참이나 동칠과 얘기를 나누던 길드장들은 얼굴에 꽃을 안고 돌아갔다.

 자연히 식구들의 차례가 돌아왔다.

 샨은 기쁨을 주체 못하고 눈물까지 흩뿌리며 그대로 달려와 동칠 품에 안겼다.

 아가씨와 포옹한 게 몇 번이던가.

 자신을 낳아준 어머니를 빼고는 그러한 기억이 없는 듯했다.

 가뜩이나 피로감이 왕창 쌓인 터에 안겨 든 샨.

 그녀도 엄연한 여자인지라 동칠은 이내 포근함과 아늑함을 느꼈다.

'아, 이래서 결혼을 하는 거구나.'

애정이 새싹처럼 싹트려는 그때, 샨의 뾰족한 귀를 보게 되자 그러한 감정도 거짓말처럼 사그라졌다.

'샨은 종업원이니까…….'

장차 신부가 될 아가씨의 귀는 뾰족해서는 안 된다는 나름의 기준이었다.

동칠은 보드라운 샨의 팔을 잡고 슬그머니 떼어내며 물었다.

"잘 있었어?"

"네."

눈에 고인 물방울을 닦아내는 샨.

동칠은 기꺼이 미소를 지으며 다른 식구들을 보았다.

"아니, 이 사람, 왜 이렇게 늦게 왔나?"

"우리 다 죽는 꼴 보고 싶었습니까? 기다리다 목이 빠지는 줄 알았습니다."

가르데일에 이은 데몬의 투정에 동칠은 웃어버렸다.

앞에서 할 얘기들을 다 해버려 종업원들은 표정으로나마 동칠을 환영했다.

동칠은 롯테 부기사단장과 대마법사 슐트 등 기다리는 사람들을 생각해 길드장들처럼 재회의 인사를 짧게 마치고는 식구들과 함께 안으로 들어갔다.

해체된 샥스핀은 율카스가 들고 왔다.

"사장님, 이건 어디에 놓을까요?"

"그냥 선반에 올려놔."

"예."

죽을 고생을 했지만 샥스핀을 보니 보람은 느껴졌다.

곧이어 피곤한 몸임에도 동칠은 바로 세 가지 요리를 준비했다.

자장면과 탕수육, 그리고 짬뽕이다.

준비가 된 음식들은 종업원들에 의해 기사들과 마법사들이 앉아 있을 야외의 테이블로 옮겨졌다.

생사고락을 함께했던 동료들인 만큼 동칠은 그들을 그냥 돌려보낼 수 없었던 것이다.

푸짐한 음식에 저마다가 군침을 흘린다.

이윽고 식사가 시작되었는데, 동칠은 먹지 않았다. 식구들과 함께하기 위해서였다.

감탄에 감탄!

특히나 처음 동칠이 만든 요리를 접한 이들은 음식 맛에 크게 감동하여, 돌아갈 때 허리를 굽히며 악수를 청하는 동칠의 손을 공손하게 두 손으로 잡는 이들이 적지 않았다.

어찌 보면 당연한 이치였다.

황제 오테라스가 인정한 사람이었고, 롯테 부기사단장과 대마법사 슐터마저 높이 사는 자다.

그러니 상관은 아닐지라도 응당 높여야 하는 것이다.

"이런 음식을 맛보게 해주셔서 감사드립니다."

"별말씀을요."

말을 섞는 사람마다 매번 존댓말을 행해주는 동칠에게 기사들과 마법사들은 진심에서 우러나는 존경심을 느꼈다.

마지막으로 동칠은 롯테 부기사단장과 대마법사 슐터에게도 작별을 고했다.

"그럼 폐하께는 어찌 말씀을 드려야 할지……."

날짜를 의논함이다.

동칠의 얼굴에 잠시 당혹스러운 빛이 떠올랐다.

"잠시만 기다리세요."

그대로 주방으로 뛰어 들어간 그는 안에 있던 레시피를 살폈다.

바다에서 우여곡절 끝에 구한 껍질을 벗긴 지느러미는 샥스핀이 틀림없었다.

하나, 다른 재료들도 알아보아야 했다.

샥스핀은 중화요리 중에서도 매우 고급 음식이라 동칠에게도 낯설었고 어려운 요리였다.

재료를 보니 들어가는 게 많아, 저장고를 들락거리면서 확인해봤더니 역시나 부족한 게 많다.

일찍이 곰팡이가 피어 버렸던 버섯들! 지금은 그것들이 무척이나 아쉬웠다.

덩달아 표정은 무거워질 수밖에 없었다.

"제길, 또 가야 할지도 모르겠네."

천근만근 무거운 걸음을 이끌고 롯테와 슐터에게 가니 롯테가 이를 이상히 여기고는 물어왔다.

"왜 그러시오?"

"아직 부족한 것들이 있네요."

가짓수가 몇 가지 빠지는 건 상관없다.

하지만 국물을 우려내는 버섯류가 빠진다면 제대로 된 요리가 될 수 없을 것 같았다.

짬뽕같이 손에 익은 요리라면 모르겠지만, 익숙지도 않은 샥스핀이니 당연히 걱정이 앞설 수밖에.

슐터나 롯테도 동칠과 매한가지인 입장이었다.

기사들과 마법사들은 마법진 인근에서 기다리고 있을 테니 문제는 안 될 터였다.

하지만 당장은 어디든 다시 가기 싫은 두 사람이었다.

그래도 황제의 칙명을 받은 뒤다.

싫어도 해야만 하는 입장이라 슐터가 착 가라앉은 목소리로나마 물었다.

"어디, 어떤 것인지 봅시다. 땅에서 나는 거요? 바다에서 나는 거요?"

"땅에서요. 그림을 보여 드릴 테니 잠시만 기다리세요."

같은 답변을 내놓고 터덜터덜 발을 움직여 동칠은 들어갈 버섯들과 재료들을 생각나는 대로 그려 왔다.

차례로 그림을 받아 보던 롯테와 슐터는 의견에 합치를 보았다.

"일단 우리는 궁으로 돌아갑시다. 어쩌면 이 중에 하나는 그곳에 있을지도 모르지 않습니까?"

"그렇겠구려. 동칠, 일단 며칠 뒤 오겠소. 조금 쉬시구려."

"네."

며칠. 그 시간이라도 쉬는 게 어디인가.

동칠은 기꺼워했지만, 두 사람이 떠나고 나니 두려움이 샘솟았다.

'이번엔 또 어떤 고생을 할까?'

다시 겪고 싶지 않은 경험이었다.

맘 같아서는 다 팽개치고 도망치고 싶은 생각도 있었다.

아무리 금은보화를 내려 주고 와룡반점을 보호해주면 뭐하리. 이 세상에 자신의 목숨 이상으로 소중한 게 어디 있겠는가 말이다.

죽을 뻔한 고비를 수차례나 넘겨 구해온 재료라고는 샥스핀과 해삼 대용으로 쓸 만한 생선뿐이었다.

하지만 황제에게 다른 요리를 선보이려면 나머지 재료들도 구해야 했다.

그리고 그 재료 앞에 어떠한 환경이 도사리고 있을지는 아무도 모르는 일이었다.

앞으로도 반복될 상황을 탈출할 방법을 모색해보아야 했다.

그러나 당장은 아무런 묘책도 떠오르지 않는다.

다행히 아직 시간은 있었다.

차후에 마저 고민해보기로 하고, 동칠은 다시금 와룡반점 안으로 향했다.

그런데 문득 잊고 있던 부분이 떠올랐다.

"참, 헤슬링은?"

"돌아왔습니다."

판테스의 대답이 동칠은 의아하기만 했다.

"응?"

"제 발로 왔어요."

샨의 말대로 헤슬링은 만드라고라와 함께 제 발로 돌아왔다.

산 아래 전쟁이 벌어진 까닭이기도 했지만, 만드라고라의 역정도 기여했다.

만드라고라는 양파는커녕 보름 가까이 입에 풀칠하기도 힘들었다.

헤슬링이야 안 먹어도 살 수 있다지만, 만드라고라는 아니었다.

또한 그녀는 식성이 매우 까다로워 어지간한 것들은 입에 대지도 않았다.

하여, 자칭 로드 드래곤이라는 헤슬링은 별수 없이 탈출을 뒤로 미뤄두어야 했다.

동칠이 사실을 확인코자 그들이 있는 방으로 다가가려는데, 가르데일이 고개를 내저으며 입을 열었다.

"거기 없다네."

"그럼요?"

"뒷마당에 임시 거처를 마련했네."

피곤도 달래지 못하고 동칠은 식구들과 함께 뒷마당으로 걸음을 옮겼다.

종업원들이 철저히 위장한 지푸라기들과 나뭇가지들을 치워낸 후 수북한 흙을 걷어내니 네모난 석판이 드러났다.

친절하게 데몬이 그에 대해 설명해주었다.

"소란 중이라 이런 기회가 있었습니다. 작업은 종업원들이 직접 했죠."

동칠은 눈빛으로나마 종업원들을 치하하며 그들을 따라 치워진 석판 안쪽으로 들어갔다.

안이 어두운 탓에 판테스가 앞장서서 횃불을 들었다.

비스듬한 경사로를 따라 내려가니 좁고 긴 통로가 눈에 들어왔다.

그 안쪽엔 너비 7미터는 됨 직한 공동이 자리했는데, 그곳은 꽤 밝았다.

벽과 천장, 바닥에서 데몬이 설치한 것으로 보이는 마법등들이 빛을 발하고 있었기 때문이다.

다가갈수록 시야가 넓어지며 과거 헤즐링 방에 있던 집기들이 하나둘씩 동칠의 눈으로 들어오기 시작했다.

사람이 들어온 걸 알아차렸는지 헤즐링과 만드라고라의 시선이 발소리가 들려오는 쪽을 향했다.

만드라고라는 맛있게 양파를 먹다가 익숙한 체형의 인영을 발견했다.

그 인영은 얼굴이 채 드러나기도 전에 목소리로 자신을 확인시켜 주었다.

"아주 살판이 났구나."

동칠 딴에는 나무랄 만도 했다.

주인은 생고생을 하고 왔는데, 저놈의 만드라고라는 제 세상을 만난 것처럼 하는 일 없이 양파만 축내고 있었기 때문이다.

음성의 주인이 동칠이라는 것을 알아챈 만드라고라는 화들짝 놀라 손에 든 양파까지 떨어뜨리고는 헤즐링의 뒤로 숨었다.

두려움이 그녀의 말초신경을 자극했던 탓이다.

동칠은 그에 더 화가 났다.

동칠 자신이 헤즐링을 막 대하지 못한다는 것을 알고는 약삭빠른 모습을 보여서다.

주인의 입아귀가 길게 늘어지는 걸 보며 만드라고라는 조마조마해했다.

지금이라도 주인에게 가서 사과를 해야 하는 것인지, 아니면 이대로 헤츨링에게 붙어 있는 게 좋은 것인지 갈등을 겪고 있는 것이다.

자연히 헤츨링과 동칠의 주변으로 묘한 긴장감이 감돌았다.

헤츨링에게는 실로 어이가 없는 일이었다.

'저 인간, 무슨 배짱이지?'

동칠이 노려보는 게 헤츨링 자신이 아닌 만드라고라라고 한들 이해가 가지 않는 일임은 매한가지다.

자신의 뒤에 있는 만드라고라는 만드라고라 여왕이기 때문이다.

이 난데없는 상황에 데몬은 난처하기만 했다.

"동칠, 왜 그러시오? 우리가 비록 숙이진 못할지언정 적대해서는 안 되오."

아주 낮게 속삭이는 목소리여서 헤츨링은 듣지 못했다. 하지만 동칠도 신경이 온통 만드라고라에 쏠려 있는 관계로 제대로 알아듣지 못했다.

자연히 만드라고라를 향한 동칠의 눈빛이 사납고도 강렬해졌다.

한참 만드라고라를 대신해 동칠과 눈싸움을 벌이던 헤츨링 역시 아연해졌다.

'한낱 인간 주제에……. 저자는 두려움이 없단 말인가?'

두려움이 없다기보다는 흥분을 잘해, 한번 눈이 뒤집히면 물불 안 가리는 성격인 탓이다.

이미 동칠 또한 헤츨링 대하기를 조심하라고 귀에 못이 박히도록 들었질 않은가.

제 주인이 도통 태도를 굽히지 않으니 만드라고라는 더욱더 당황했다.

헤츨링의 말에 따르면 자신과 헤츨링은 그 주인 같은 종족들보다 훨씬 우월하고 고결하다고 했다.

그러나 오늘 보니 그 말이 다 거짓인 듯하다.

더 밉보였다가는 과거와 같은 공포를 다시 체험하게 될 듯해 만드라고라는 다급히 앞으로 나와 무릎을 꿇고 두 팔을 들었다.

종종 그런 벌을 받았었다.

하지만 오늘 그녀는 자신이 무얼 잘못했는지 명확히 알지 못했다.

있다면 주인이 왔는데 인사를 안 한 것 정도랄까?

그래도 반성하는 태도를 보여서인지 동칠의 표정은 점차 누그러졌다.

여태까지 동칠은 만드라고라를 조금 영리한 애완용 초식동물 정도로밖에 생각지 않았었다.

하다못해 강아지를 키워도 잘잘못을 올바르게 가르치면 대소변도 가린다.

동칠도 딴에는 다 애정이 있으니 만드라고라를 엄하게 다

루는 것이다.

이 무렵 헤츨링의 사고도 정리가 되었다.

'저자는 그녀가 만드라고라 여왕이라는 걸 모르는군. 쯔쯧.'

그거였다. 동칠은 그녀가 만드라고라 여왕이라는 걸 모를 뿐더러 그런 존재에 대해 들어보지도 못했다. 그것은 와룡반점의 식구들도 마찬가지인 사항이었다.

그 이유로 헤츨링의 눈에는 이러한 상황이 참으로 우습게만 느껴졌다.

문득 동칠이 만드라고라에게서 시선을 떼고 목을 돌려 물었다.

"이 정도면 헤츨링이 지낼 만할까요?"

그에 데몬이 대답했다.

"더 근사하게 만들어주고는 싶지만 지금으로서는 다른 방도가 없잖소. 이것도 제국군이 마잔베르크의 병력과 전투를 치르는 중에 겨우 한 것이니 말이오. 저들의 눈을 피하는 것도 중요하니, 차차 보수를 하고 넓혀 주더라도 지금은 이 상태로 만족하는 수밖에 없을 듯하오."

이해하겠다는 듯 동칠은 고개를 끄덕거렸다.

헤츨링도 인간들의 호의는 조금씩 느끼고 있던 찰나였다.

강압에 의한 것도 아니었고, 본신의 힘을 가진 상태도 아니었다.

그런데도 이렇게 알아서 신경들을 써주니 나쁘게 볼 리가 없는 것이다.

안전만 보장된다면 헤슬링은 이곳에 더 머무를 의사도 있었다.

다행이라 생각하며 동칠은 이번엔 만드라고라를 보았다. 주눅 든 모습이 불쌍하게까지 여겨진다.

해서, 그는 자비를 내렸다.

"손 내려도 좋아."

명령에 따라 손은 내렸지만 그녀는 아직 동칠이 무섭다.

눈치만 살피는 그녀를 보다 동칠은 슬그머니 걱정을 내비쳤다.

"얘는 여기서 살면 안 되지 않나?"

헤슬링과 달리 만드라고라에게는 일을 시켜야만 하기 때문이다.

요리만 못한다 뿐이지, 그녀는 잔심부름을 잘하는 꽤 훌륭한 주방 보조였다.

이에 보덴이 의견을 내었다.

"방하고 연계되는 비밀 통로를 파두는 건 어떨까요? 어차피 헤슬링에게 필요한 무언가를 가져올 때도 주변의 눈치를 봐야 하는 상황이니까 말입니다."

듣고 보니 맞는 소리기는 했다.

다만 멀쩡한 장판을 뜯고 그 아래 땅굴을 판다는 건 쉬운 일이 아니었다.

자칫하다가는 와룡반점 전체가 와르르 무너질 수도 있다는 얘기다.

건설 쪽의 일을 잘 모르는 동칠이 보아도 그건 뻔한 이치였다.

재수 없으면 본전도 못 건지리라는 생각에 동칠은 염려의 목소리를 내었다.

"그게 말처럼 쉬울까?"

"드워프한테 부탁해봄은 어떤가?"

이어진 가르데일의 물음에 동칠이 되물었다.

"드워프요?"

"그래. 왜, 드워프들의 기술력은 대단해서 뭐든 만드는 일은 으뜸이라 했으니 그들에게 부탁한다면 어떨까 싶네. 가능한 일이냐고 물어만 봐도 나쁠 것은 없지 않겠나."

동칠도 그게 낫겠다 싶었다.

 ※　※　※

롯테가 찾아왔다.

그렇다고는 하나, 동칠은 안이 복잡해 그를 안으로 맞아들이지는 않았다.

롯테는 데리고 온 하인들에게 눈짓으로 가져온 것을 동칠에게 건네주도록 했다.

"그게 맞소? 비슷한 것들을 찾아오기는 했지만 맛이 같은지는 모르겠소. 알다시피 폐하께서 드실 음식이라……."

동칠은 요리할 도구를 마당으로 준비해올 것을 종업원들에게 시켰다.

곧 그 자리에 프라이팬을 비롯한 도구들이 준비되자 동칠은 기름을 두르고 버섯류의 요리를 시작했다.

아무런 양념도 들어가지 않은 것들이다. 맛만 확인해보면 되었기 때문이다.

하지만 막상 동칠이 염화력으로 불을 피웠을 때, 롯테는 찢어져라 눈을 부릅떴다.

"어, 어떻게……?"

너무 자주 듣는 질문이라 동칠은 대충 둘러대버렸다.

"다들 대단하신 분이신데 저도 이런 재주쯤은 있어야죠."

버섯이 노릇노릇하게 구워질 동안, 롯테는 혼란에 빠져들었다.

'일찍이 그가 범인이 아니라는 것은 알았지만, 맨손으로 불을 피우다니……. 저런 일이 가능하다는 말인가? 내가 마법 지식이 얕아 모르는 걸까? 영창 없이도 가능한 마법이 있을 수도…….'

요리는 머잖아 끝이 났다.

동칠은 구워진 버섯들을 하나씩 입으로 물어보더니 골라

내기 시작했다.

그 표정에 약간의 놀라움이 자리했음이다.

"놀랍네요. 제가 찾던 것들이 맞아요. 저도 나름 알아보았지만 아는 분들은 한 번도 못 보신 거라고 하던데. 이런 걸 어떻게 이렇게 빨리 구해오신 거예요?"

롯테는 어렵사리 난색을 떨치고는 답을 주었다.

"전에 말했다시피 황궁에는 석빙고와 동빙고가 있다오. 폐하께서 워낙 산해진미를 좋아하셔서 대륙 이곳저곳에서 구해온 진귀한 것들이지."

그럴 수도 있겠다 싶었다.

그러면서 동칠은 새삼 궁금한 바가 있었다.

"제가 아직 황궁에는 가보지 못했군요. 황궁은 얼마나 큰가요? 리온 공국의 왕성하고 비교해볼 때……."

어이없는 질문이 되어버렸던지 롯테는 피식 웃었다.

"리온 공국과 잘 알고 지내는 모양이시구려. 비교가 가능할지 모르겠소. 대충 넓이만으로 따지자면 오십 배는 넘을 듯싶소만……."

50배란 말에 동칠은 입을 쩍 벌렸다.

리온 공국의 왕성은 동칠이 처음 보았을 땐 거대한 궁전이었다.

그만한 게 수십 개가 모여 있다고 생각하려니 상상조차 되지가 않았다.

'그게 도시지, 궁전이야?'

그러나 그 방대한 규모에 움츠러들진 않았다. 제국을 적으로 생각지 않아서였다.

살던 곳과 빗대어 생각하니 제국이라는 건 미국이나 중국쯤 되는가 싶다.

그러한 상대를 적으로 삼는 경우는 있어서도 안 되고, 있을 수도 없는 일이었다.

상념에 잠겨 있던 동칠에게 롯테의 질문이 날아들었다.

"몇 가지 구하지 못한 게 있는데, 그것은 구하러 가야 하오?"

그 또한 꺼려지는 모양이다. 그에 동칠은 고개를 내저었다.

"이 버섯들만 있으면 될 거 같아요."

큰 시름 덜었다는 듯 화색을 지으며 롯테가 물었다.

"그럼 폐하께 준비되었다고 말씀드리면 되오?"

기대 어린 물음에 동칠은 고개를 저었다.

"며칠 더 기다려 주세요. 준비가 조금 필요하니까요. 일주일 후쯤이 어떨까요?"

"알겠소. 그럼 일주일 이후로 폐하께 일단 말씀을 올리겠소."

롯테는 기뻐하여 돌아갔다.

※ ※ ※

롬은 동칠의 부탁을 순순히 들어주었다.

그렇잖아도 동칠에 대해 상당한 호감이 있던 차였다.

미노타우로스의 뿔과 심줄도 별다른 대가 없이 넘겨주질 않았던가!

동칠이 계산적이지 않았던 덕에 롬도 그를 계산으로 대하지 않았다.

일전에 당구장을 만들어준 것 또한 그에서 연유한 것이다.

물론 이번에도 롬은 동칠에게 별다른 대가를 요구하지 않았다.

자신이 알고 있는 공법에 의하면 건물에 무리가 가지 않게끔 통로를 파는 일은 얼마든지 가능하다며, 일례로 심혈을 기울인다면 얼음 위에 궁전을 짓는 일까지 가능하다고 한 것이다.

동칠은 그런 롬에게 거듭 고마워했다.

롬은 통로를 뚫는 일은 혼자서도 얼마든지 가능하다고 자신감을 내비치며 일을 시작했다.

당장 문을 열어야 했기에 작업은 주로 손님들이 돌아간 야간에 이루어졌다. 그러한 사정을 이유로 동칠은 며칠간 야외에서만 손님을 받았다.

물론 동칠은 통로의 안쪽에 위치한 동공에 무엇이 있는지를 얘기하지 않았다.

위치를 확인코자 롬이 몇 번 그곳으로 다녀갈 때마다 종업원들이 함께했는데, 그들도 알리기를 극구 꺼리는 눈치였다.

그럴 때마다 롬은 쓴웃음을 삼켰다.

'도대체 뭐가 있기에······.'

숨기니 더욱 궁금한 것이다.

하지만 롬은 호기심을 잠재워두었다. 나중에 공사가 끝났을 때 동칠에게 직접 물어볼 요량이었다. 무엇이 있든 아무에게도 발설하지 않겠다는 전제를 달고 말이다.

작업은 일사천리로 진행되었다.

괜히 드워프가 아니었다. 그가 판 통로는 판테스와 종업원들이 행한 것에 비해 볼 때, 너무도 근사하고 깔끔했으며 운치까지 느껴졌다.

그도 그럴 것이 롬은 통로 곳곳에 멋스러운 조각마저 새겨넣은 것이다.

이는 동칠에 대한 그의 우정의 표시였다.

동칠이 원하는 건 통로였을 뿐이나, 신경을 안 써도 될 부분까지 신경 써준 것이다.

그런 고마움을 모른 체할 동칠이 아니었다.

동칠은 잠도 줄여 가며 꼭 롬의 야식을 챙겨 주었고, 그러면서 두 사람의 우정도 더욱 발전했다.

그러다 오늘!

우연찮게 저녁에 찾아온 드워프들이 있었으니 바로 롬의 동료들이었다.

롬을 발견한 드워프 중 한 명이 푸념을 내뱉었다.

"이거 자장면이나 먹으러 왔는데 운도 억세게 없네."

툴툴거리고는 있지만 그들은 언제든 손을 보태겠다는 입장이었다.

롬도 성의를 거절하려는 생각은 아니었으나 시기가 적절치 않았다.

"다 끝나니까 와서 도와준다고? 예끼!"

동칠이 그 광경을 보다 흐뭇하게 웃으며 드워프들에게 근사한 상이나 차려 줘야겠다고 주방으로 향할 무렵이었다.

막힌 벽에 두꺼운 정을 대고 롬이 해머로 두들겼다.

고작 한 점을 쳤을 뿐인데, 벽은 와르르 무너졌다. 이로써 막힌 통로가 개방된 것이다.

즉, 작업이 다 끝난 상태임을 동료들한테 확인시켜 주는 모습이었다.

다른 드워프들은 여전히 굵은 목소리로 너스레를 떨었다.

"우린 식사를 하러 왔는데? 손님이라고, 손님."

"그러게 말이야. 우리한테 일을 시킬 생각이었나?"

하나, 롬의 시선은 동료들에게 오래 머물지 않았다. 안쪽에서 들어오는 빛, 그 빛에 정신이 팔려서다.

"굳이 동칠한테 물을 건 없잖아?"

혼잣말에 동료들이 의아해했다.

"뭘 물어?"

대답도 내어주지 않고 롬은 성큼 안쪽으로 걸음을 옮겨 갔다. 안에 무엇이 있는지 두 눈으로 확인하기 위해서였다.

마침 종업원들도 자리에 없는 상황이었고, 롬은 혼자만 알고 입을 닫겠다는 각오로 땅굴의 깊숙한 곳까지 성큼 나아갔다.

"어딜 가?"

한 동료의 질문이 굴 안에서 작게 메아리치자, 롬은 고개를 돌려 입술에 검지를 가져다 붙였다.

조용히 하라는 뜻이다.

'무엇이 있을까? 과연 무엇이?'

자신을 며칠 내내 궁금하게 만들었던 무언가를 향해 다가가는 그였던지라, 동료들이 뒤따르는 것도 몰랐다. 신경이 온통 굴 안에만 쏠렸던 탓이다.

나아가고 또 나아가는 동안 롬에게 두려움은 없었다.

오히려 근사하진 못해도 아기자기하게 마법등까지 설치해 둔 것을 보니 틀림없이 뭔가 귀여운 것이 있을 것 같았다.

'어쩌면 동칠 2세가 있을지도……'

그러나 기대감 어린 눈은 공동 안에 박히며 깡그리 사라졌다. 거기에는 꿈에서도 마주치길 두려워하는 대상이 있었기 때문이다.

 누가 신호한 것도 아니었는데 드워프들은 동시다발적으로 오체투지를 하며 한목소리로 합장했다.

"위대하신 분이시여~"

 롬을 포함해 그들 모두가 두려움에 질려 있었다.

 드래곤은 그들에게 있어서는 폭군과 같았다.

 드워프들이 뛰어난 손재주를 가지고 있는 것이 그 원인이었다.

 압도적인 힘의 과시를 통해 드래곤은 드워프들에게 원치 않는 작업을 시키는 일이 비일비재했던 것이다.

 당해본 게 많은지라, 대륙에서 드워프들만큼 드래곤에 대해 잘 아는 종족도 드물었다.

앞에 있는 대상이 아무리 유생인 헤츨링이라 한들, 두려움에 예외는 될 수 없었다.

 경우의 수는 여러 가지였다.

 어디선가 수정구를 통해, 혹은 주변 인물의 눈을 통해 그를 직간접적으로 관찰하고 있는 성룡이 있을 수 있었다.

 또한 폴리모프를 통해 저 헤츨링이 유생인 척하고 인간들을 비웃고 있을는지도 모른다.

 그 외에도 여러 가지 사연들이 산재할 수 있다.

 꼭 그러한 경우들이 아니더라도 드워프들은 드래곤이라는 존재 자체만으로 떠받들어야만 한다.

 그것이 드워프들의 장수 비결이었다.

 드워프들과 드래곤들이 공존한 이래, 그것을 지키지 못한 드워프는 한 명도 빠짐없이 단명했다고 전해진다.

 오죽하면 '드워프는 하인이요, 드래곤은 주인이라.' 라는 말까지 생겨났겠는가.

 자신들의 머리 위에서 놀고 있는 드래곤들이기에 드워프들은 그들을 무시할 수 없었다.

 또한 목격자가 없는데도 드래곤이라는 종족 자체에게 이렇듯 마음에서 우러난 존경심을 내비치면 후에 이를 전해들은 드래곤들의 관대함으로 이어질지도 모른다.

 진짜 드워프들의 역사에는 그러한 사례들이 있었다.

 하물며 오늘 이 드워프들이 목격한 드래곤의 유생은 로드 드래곤이다.

먼 과거의 일까지 모두 기억하는 그였으니, 오늘 드워프들의 행동은 과연 그의 환심을 샀다.

인간에게는 별 흥미가 없었지만, 손재주가 기막힌 드워프들에게는 그도 지대한 관심이 있던 차였다.

'앞으로는 좀 너그럽게 대해주라고 말해야겠군.'

생각은 그러하지만 헤츨링은 위엄을 실은 눈으로 드워프들을 오시했다. 그 당당함은 만드라고라도 충분히 느낄 수 있는 것이었다.

보는 이들은 전부 헤츨링을 향해 경배한다.

동칠마저 함부로 대하지 못하는 존재가 바로 자신과 동거 중인 이 헤츨링이었다.

만드라고라는 사심 없는 칭찬을 늘어놓았다.

-당신은 정말 대단한 존재 같아.

-훗, 그대 또한 그렇다오.

전에도 그에게서 들었던 말이다.

-그 말은 못 믿겠어. 나는 정말 대단하지 않은걸.

사실 그동안 만드라고라는 헤츨링이 허풍쟁이인 듯해 말도 걸지 않았었다. 가출한 이후 고생이란 고생은 이루 다 말할 수 없을 정도로 많이 했기 때문이다.

그렇다고 헤츨링이 대단한 능력을 가졌느냐? 그것도 아니었다.

크고 작은 동물들과 얽힐 때면 여지없이 자신의 등을 떠밀었고, 결국엔 줄행랑을 쳐야 했다.

헤슬링 딴에는 만드라고라를 각성시켜 주고자 함이었으나 정작 만드라고라는 그렇게 생각지 않았다.

눈앞의 위기를 모면하려 닥친 일을 자신에게 떠넘겼다는 식으로 받아들인 것이다.

그래도 도망치는 것 하나는 빨랐다. 그 등에 올라 달릴 때면 어떤 동물도 따라오진 못했으므로.

만드라고라가 헤슬링을 인정하는 건 그것뿐이었다.

그러나 오늘 그녀는 그를 다시 보게 되었다.

사장님과 격 없이 지내던 드워프가 바닥에 납작 웅크린 채 감히 눈도 마주치지 못하고 있질 않은가.

참으로 아이러니한 일이기는 했다.

사장님과 동급이라면 사장님도 헤슬링 앞에 저렇게 엎드려야 하는데, 정작 사장님은 그러질 않았기 때문이다.

복잡한 사고가 만드라고라를 심히 괴롭게 했다.

헤슬링은 애초에 드워프들 따위는 안중에도 없었다는 듯 만드라고라에게 다정히 얘기했다.

-전에도 말했잖소. 그대는 아직 각성이 이루어지 않은 상태라고.

-그걸 이루려면 나는 어떻게 해야 하지?

-트레이닝이라도 해보시구려.

헤츨링이 말한 트레이닝이라는 단어를 만드라고라는 두고 두고 곱씹었다.

※ ※ ※

식당 내에는 무거운 한숨들이 감돌았다.

새벽임에도 드워프들은 잠을 청할 수가 없었다.

그렇다고 돌아갈 수도 없었다. 헤츨링이 그들에게 자신의 레어를 더 근사하게 만들라는 지시를 내렸기 때문이다.

그는 자신이 로드 드래곤이라는 사실을 굳이 밝히지는 않았다.

더불어 만드라고라 여왕을 대함에 주의하라는 말 역시 하지 않았다.

그는 만드라고라 여왕이 제 힘을 각성할 수 있도록 도우려는 것이다. 그래야 이 험한 세상을 헤치고 자신의 몸을 의탁할 드래곤을 찾아갈 게 아닌가.

그래서 드워프들에게 인근의 드래곤을 찾아가 이곳으로 데려오라는 명령도 내리지 않았다. 드워프들이라고 흉포한 몬스터들이 우글거리는 곳을 헤쳐 나가리라는 법이 없기 때문이다.

그것은 헤츨링이 나름 힘을 가진 인간이라고 생각하는 가르데일과 데몬에게 얘기조차 꺼내지 않은 이유와도 일맥상

통했다.

 보통 드래곤들의 레어는 첩첩산중이나 험한 골짜기 등 타종족들은 감히 접근도 못할 지역에 위치해 있었다.

 그가 만드라고라 여왕의 힘에 의존하려는 까닭이 거기에 있었다.

 도움을 청했다가 난데없이 붙잡혀 버린 드워프들을 보며 동칠은 미안함을 피력했다.

 "괜히 저 때문에……."

 "아니, 당신이 말하지 않았는데 허락도 없이 들어간 내 잘못이오."

 말은 그리했지만 롬은 솔직히 동칠 탓도 있다고 여겼다.

 집에서 기다리고 있을 귀여운 마누라와 아이가 자꾸 눈에 어른거린다.

 그것은 일찍 결혼한 다른 드워프들 또한 마찬가지였다.

 "임시 거처나 마련해주시구려."

 한 드워프의 입술을 비집고 한숨과 함께 나온 말이었다.

 5명의 드워프가 머물 만한 곳이 있긴 했다.

 "방이 하나 남기는 하지만……."

 "아무 데나 상관없소. 인간들 눈에 잘 띄지만 않으면 좋겠소."

 괜히 인간들과 엮이고 싶지 않은 그들이었다.

 동칠의 사정은 더욱 복잡해졌다.

헤츨링을 숨기느라 그간 애를 먹었거늘, 드워프들까지 숨겨 달라고 한다.

동칠이 난색을 거두지 못하니, 롬이 긴 팔을 높게 들어 그의 어깨를 짚었다.

"염려 마시구려. 장사를 할 땐 우린 공사에 몰두할 테니. 기왕 이렇게 된 것 어쩌겠소. 무조건 나쁘게만 볼 건 아니오. 헤츨링이 후에 드래곤을 만난다면 우리 얘기도 해줄지 모르는 일 아니오."

그 말을 듣자 드워프들의 굳었던 표정이 약간이나마 펴졌다.

하지만 전혀 짐을 덜지 못했는지 동칠은 무거운 낯으로 일어서 방으로 다가갔다.

"지금은 여기밖에 없네요. 내일이라도 인부들을 시켜서 머물 곳을 만들어드릴게요."

그런 동칠의 호의를 롬은 거절했다.

"그럴 필요 없소. 우린 일단 이 방에서 머뭅시다. 안이 꽤 넓다오. 그리고 공사가 늦어지면 우리가 직접 작업해서 머물 곳을 만들 테니, 동칠 당신은 걱정 마시구려."

드워프들은 고개를 끄덕였고, 동칠 역시 별수 없이 수긍하는 수밖에 없었다.

대신에 식사라도 정성껏 잘 챙겨 주어야겠다고 다짐했다.

만드라고라의 애환 • 261

✳ ✳ ✳

각성을 위한 트레이닝은 시작되었다.

그러나 처음엔 동칠의 등에만 가시 돋친 시선이 고정되었다.

막 노려보다가도 행여 동칠이 몸이라도 돌릴 시에는 만드라고라의 표정은 멍해졌다. 아직 제 주인에 대한 공포심이 걷히질 않은 탓이다.

손발이 오그라든다고나 할까?

1초라도 시선이 마주칠 때면 꼭 그러했다.

하지만 며칠이라는 시간이 지나며 만드라고라는 점차 대담해졌다.

이제는 동칠과 2초 동안 시선을 마주할 수 있었으며, 까고 있던 양파에서 주저 없이 손을 떼는 일도 가능했다.

일부러 양파 껍질을 바닥에 떨어뜨린 적도 있었다.

그러나 거기까지였다.

"주워."

주인의 음성이 싸늘하게 느껴지면 만드라고라는 재깍 허리를 굽혀 자기가 친 사고를 거뒀다.

결국 제자리로 돌아오는 것이다.

그래도 저녁이면 헤츨링에게 강의를 받았고, 다음 날이면 다시 투지를 불사르던 그녀였다.

반항과 순종.

그러한 일들이 반복되며 만드라고라는 제법 간이 커졌다.

이제는 입꼬리까지 치켜들며 주인을 마주 볼 수 있게 된 것이다.

그러나 그녀의 그러한 표정은 동칠에게 여간 귀여운 게 아니었다. 매번 주눅이 든 모습만 보다 보니 더 그런지도 몰랐다.

해서, 만드라고라가 그렇게 미소 지을 때마다 동칠은 그녀를 쓰다듬어주었다.

수차례 그런 일이 반복이 되니 그녀는 당혹감에 빠졌다.

'이게 아닌데……'

하나, 좌절할 수는 없는 노릇!

그녀는 다른 방법도 택해보았다.

주된 일인 양파 까기를 동칠이 보는 앞에서 멈추는 것이었다.

어쩌면 이 일을 계기로 앞으로 양파를 못 먹게 될 수도 있었다.

그러나 헤츨링에게 세뇌를 당하다시피 한 뒤라 그녀는 고민 고민 끝에 이 일을 감행하게 되었다.

그걸 보는 동칠의 반응은 한 가지였다.

"피곤해? 가서 쉬어."

이제 만드라고라는 당황할 수밖에 없었다.

주인과 대립 상태가 되어야 하는데 그게 아닌 것이다.

극한 상태에 빠지기는커녕 자애로운 주인의 모습을 알게 되니 자신이 무엇을 하고 있는가에 대한 회의까지 찾아왔다.

패닉 상태에 빠진 지금 상황에서 더 일을 하는 건 무리였기에 만드라고라는 동칠의 말을 따랐다.

찾아간 헤슬링은 역시나 또 부추겼다.

-포기하지 마시오. 시킨 일을 안 했다니 그것 참 대단한 결정이었소. 두고두고 반복해보시구려. 필히 내가 얘기한 그런 상황이 찾아올 것이니.

포기하지 않았다.

반복했다.

하지만 그럴 때마다 동칠은 그녀에게 쉴 것을 명했다.

사실 동칠 또한 만드라고라에게 미안했던 차였다.

알에서 깨어난 헤슬링이란 놈은 그 존재가 대단하다 하여 다들 떠받드는 반면, 만드라고라는 궂은일도 마다 않고 자신을 도왔다.

둘을 비교하니 자꾸만 만드라고라에 대한 미안함이 앞섰던 것이다.

해서, 동칠은 자신이 조금 더 일을 해서라도 만드라고라를 너무 부려먹지 말아야겠다고 다짐했다.

이래도 받아주고, 저래도 받아주는 주인에게 자신이 몹쓸

짓을 한 것 같아 만드라고라는 결국 동칠을 붙들고 소리 내어 울고 만다.

"엥엥."

결국 진 것이다.

아직 인간의 언어는 구사할 수 없는 그녀였다.

하지만 이러한 소리를 내었다는 건 그녀가 헤츨링이 말한 각성에 한발 다가간 것인지도 몰랐다.

주인은 아무 이유도 묻지 않고 손가락으로 살며시 눈에 젖은 물기를 닦아주었다.

그녀에겐 가슴 찡한 이 순간은 그리 길지는 않았다. 사람이 찾아와서다.

"동칠 있소?"

종업원들을 통하지 않고도 안에까지 들려오는 음성. 분명 롯테의 것이었다.

동칠은 어린아이처럼 들러붙은 만드라고라를 떼어내고는 성큼 현관 앞으로 걸어갔다.

들어가기를 바라는 눈치였으나 시기가 시기인 만큼 동칠은 그를 밖에서 맞았다.

그러자 롯테는 금세 서운함을 거둔 채 반색을 지으며 말했다.

"폐하께서 동칠이 제시한 그 시간에 오신다고 하셨소."

"이, 잘됐네요. 말씀을 올리는 데 오래 걸리셨나 봐요."

"아무래도 그렇잖소. 어찌 나 따위가 폐하를 바로 알현할 수 있겠소."

롯테도 소드마스터다.

대륙에 진귀하다는 소드마스터이고, 3대 기사단의 부기사단장이 그 정도이니 동칠은 새삼 황제 오테라스가 어떤 사람인지를 실감하게 되었다.

대한민국의 대통령, 아니 그 이상일지 모른다.

그리하여 그는 혹여 오테라스에게 결계를 범했는지 되짚어보았다.

걸리는 부분들이 있기는 했으나, 자기 딴에는 높여 준 것이었다.

'그리고 난 신하도 아닌데, 뭐.'

그렇게 생각하니 후련해진다.

갑자기 롯테는 약간 비굴하기까지 한 안색을 내비쳤다.

"동칠, 짬뽕을 좀 먹었으면 하는데… 돈은 내겠소."

영업시간이 끝난 지금에 와서 그의 손을 수고롭게 하자니 미안했던 것이다.

동칠은 거절의 의사가 없었다.

"아! 그러세요. 여기 잠깐만 앉아 계실래요? 안이 좀 복잡해서."

롯테도 꼭 그것까지 바라지는 않았다.

"장소가 어디면 어떻겠소? 내 안사람이 음식을 너무 못해서 말이오. 와룡반점 음식을 안 먹어봤다면 모를까, 먹은 다음 안사람이 해주는 음식을 먹느라 고역이었다오. 주방장을 따로 두어야 하는데 그녀가 너무 고집이 심해서……."

늦장가를 든 탓에 롯테는 아직 신혼이었다.

그녀는 배 속에 아이를 임신했지만 남편의 음식은 꼭 자신이 책임지고 싶어 했다.

대충의 사연이 짐작되자 동칠은 털털하게 웃었다.

"하하, 자꾸 만드시다 보면 실력이 늘겠죠."

부인까지 치켜세워주니 롯테의 기분은 더욱 좋아졌다.

그래도 이 상황에서 맞장구를 치면 왠지 팔불출로 보일 것만 같아 일부러 더 흉을 보았다.

"말이야 고맙소만 그럴 기미가 안 보이오. 나는 솔직히 그녀의 음식 솜씨가 동칠의 발끝이라도 따라갔으면 좋겠소."

"처음엔 저도 못했어요."

위안 삼아 던진 말에도 롯테는 걱정 띤 표정을 거두지 못했다.

"제발 그렇게 되었으면……."

동칠은 머쓱히 웃으며 돌아섰다.

짬뽕 한 그릇은 뚝딱 만들어졌고, 롯테가 앉은 테이블에 놓아졌다.

허겁지겁 먹기 시작하는 그를 보며 동칠은 맞은편 의자에 앉아 걱정을 들추어냈다.

"체하시겠네. 천천히 드세요."

롯테는 기분이 매우 좋았다.

맛있는 음식을 먹고, 부인의 칭찬까지 들었으며, 자신을 위로하고 걱정해주는 동칠 덕분이었다.

이미 황제가 음식에 감동했다는 소문은 황궁에 쫙 퍼져 있었다.

그를 귀찮게 하지 말라는 엄명까지 내려진 뒤였기에 아무리 롯테라 해도 이런 기회가 아니면 동칠을 찾아오기 힘들었다.

왜, 오기 전 마주친 슐터도 그 일을 자신이 배정받지 못한 것을 무척이나 아쉬워하질 않았던가!

문득 동칠이 질문을 던졌다.

"참, 그 사람들은 다 쫓아낸 건가요?"

고개를 숙이고 면을 빨아들이던 롯테가 후루룩 삼킨 뒤 되물었다.

"누구 말이오?"

"마잔베르……."

"아, 그자. 지금도 쫓기고 있소. 전투에 가담했던 바센 왕국은 물론 평야로도 정규군이 파견되었다오."

"평야요?"

"왜, 그자의 본거지 말이오. 전해듣지 못했나 보구려."

사실이었다.

마잔베르크가 와룡반점을 노렸다는 게 황제 오테라스의 귀에 들어간 이후, 그곳마저 청소하라는 지엄한 황명이 떨어졌던 것이다.

동칠은 그자가 어떻게 되었을까 궁금했지만, 롯테의 짬뽕이 불어가고 있어 더는 묻지 않았다.

※ ※ ※

마잔베르크의 성은 불타올랐고, 그를 따르던 많은 다크 엘프들이 포로로 붙잡혔다.

그리고 항거하는 다크 엘프들에게는 척살령이 내려졌다.

평야 인근을 떠돌며 게릴라전을 펼치는 다크 엘프들의 위치를 제보만 해도 상금이 내려졌기에 소탕은 일사천리로 이루어졌다.

그간 노스페 평야 영지민들의 삶은 가혹했기에 상금이 내걸린 줄도 모르고 제보를 해오는 자들도 많았다.

크루거 제국에 도전하는 적에 대해서는 자비란 없다는 것을 다시 한 번 입증시켜 준 사례였다.

모든 것을 잃어버린 자의 얼굴이 이러할까?

멀리 떨어진 언덕에서 무너진 철탑을 보는 마잔베르크의 가슴은 찢어질 듯 아팠다.

그동안 모은 재산 전부를 털어 공들여 쌓은 성이었다.

곳곳에서 시체가 되어 타오르는 저자들은 수십 년의 세월 동안 끌어 모은 다크 엘프들이었다.

세상을 지배하겠다던 원대한 꿈이 수포로 돌아간 것이다.

북받치는 울분을 달랠 길이 없었다. 불끈 쥔 주먹에서는 피가 흘러내렸다.

"쳐 죽일 놈들!"

눈앞에서 갈기갈기 찢어버리고픈 욕심은 있었지만, 복수는 꿈꿀 수도 없었다.

패전 이후 운 좋게 사십에 이르는 부하들을 끌어 모았지만, 그들조차 오는 도중 제국의 습격을 받아 뿔뿔이 흩어지고 5명만이 남았다.

이 인원으로 어떻게 제국에 복수를 한단 말인가!

제국의 눈을 피해 조용히 살아가는 것만이 명을 늘이는 길이었다.

"전하, 서두르심이……."

만신창이가 되어버린 몸. 오래도록 치유를 받지 못하면 불구가 될 수도 있다.

침통함을 금치 못하고, 마잔베르크는 절뚝거리는 다리를 이끌고서 재촉하는 부하를 따랐다.

※ ※ ※

태풍 전의 고요랄까?

와룡반점의 분위기가 그러했다.

오테라스의 친위대도, 와룡반점의 식구들도 숨을 죽였다.

그들 모두가 중심에 있는 동칠과 오테라스에게서 등을 돌린 채였다.

오테라스의 앞에 놓인 테이블은 야외의 여느 테이블과는 달랐다.

테이블 자체가 황금이었으며, 앉은 의자 또한 황금으로 만들어졌다.

그뿐인가?

테이블 둘레로는 휘황찬란한 보석들이 영롱한 빛을 뿜고 있었다.

이는 최고의 식사를 최고의 자리에서 하겠다는 오테라스의 바람에 의해서였다.

동칠의 요리도 야외에서 이루어졌다.

오테라스는 동칠이 요리를 하는 것을 보며 내내 탄성을 터트렸다.

"호오."

재료들이 부유해 철 냄비에 담겨졌고, 손에서 불을 피워 음식을 하는 동칠의 모습은 신기 그 자체였다.

때때로 철 냄비가 손목의 스냅에 의해 뒤집어질 땐, 안에 담긴 내용물 또한 춤을 추듯 뒤집혔다.

가르데일은 능력이 밝혀질까 두려워 요리를 밖에서 하지 말아달라고 주문했지만, 동칠은 차마 그 말을 따를 수 없었다. 오테라스가 직접 요리하는 광경을 보고 싶다고 주문했기 때문이다.

 하지만 가르데일의 걱정과는 다르게 오테라스는 동칠의 한 가지 점만을 칭찬했다.

 "그대는 최고의 요리사가 맞도다!"

 오테라스는 소드마스터의 벽을 허문 그랜드마스터였다.

 세상에 그의 무위가 알려지지 않은 까닭은 그 자신이 밝히기를 꺼려해서였다.

 그랜드마스터는 불가능하다 알려진 많은 일들을 가능케 한다.

 그 자신이라고 다른 마법사과 소드마스터들이 의아해하던 부분을 왜 못 느끼겠는가.

 '특수한 능력을 가지고도 요리사의 길을 걷는다? 재미있는 친구로군.'

 그 또한 가르데일이 그렇게나 열망하던 플라잉 소드를 구사할 수 있었으며, 마나를 이용해 불을 일으킬 수 있었다.

 그러나 작금 동칠이 선보인 능력은 분명 자신과는 달랐다.

 저건 마나를 활용하지 않은 능력이다. 즉, 잔재주에 불과하다는 이야기!

 자신이 친히 동칠에게 마나를 다스리는 법을 가르친다면

그는 지금보다 더한 발전을 보일지도 몰랐다.

 하지만 오테라스는 전혀 그래줄 생각이 없었다.

 이는 진실된 인정이었다.

 그는 동칠을 경쟁자도 검사도 아닌 오로지 요리사로만 생각했기 때문이다.

 꼭 자신의 권위에 맞는 요리사!

 내심 흡족해하며 오테라스는 동칠이 요리를 만드는 걸 감상했다.

 준비된 재료들이 하나둘씩 합쳐졌다.

 고급 요리인 만큼 샥스핀은 와룡반점에서 가장 고급스러운 접시에 담겼다.

 평편하지 않은, 중앙이 움푹 들어간 접시. 오테라스를 제외하고는 아무도 구경 못한 접시였다.

 "무척이나 고급스럽군."

 탄성을 내뱉을 만도 했다. 그 그릇은 황실에서 쓰던 그릇들보다도 화려한 것이었다.

 정교한 문양들이 테두리를 장식하고, 적당한 여백이 운치를 자아냈다.

 다 된 요리가 동칠의 손에 의해 황금 테이블에 놓아졌을 때, 오테라스는 향을 음미했다.

 "매우 색다르군."

 "처음 선보이는 요리니까요."

대답을 하고 나니 동칠은 아차 싶었다.

그래도 명색이 황제인데 또 보통 손님 대하듯 하고 만 것이다.

그러나 오테라스는 만면에 미소를 걸칠 뿐이었다.

우선 그는 숟가락으로 육수를 맛보았다.

이내 그 손에 젓가락이 들려졌고, 안의 내용물들을 탐닉하기 시작했다.

버섯들과 샥스핀에 이르기까지.

알맞게 익은 상어 지느러미, 아니 실버 드래곤 지느러미를 우물거릴 때까지 오테라스에게서는 아무런 표정의 변화도 없었다.

그저 심각해 보인 달까?

샥스핀은 고급 요리이기도 하지만 동시에 취향을 많이 타는 요리이기도 했다.

동칠은 음식이 황제의 입맛에 맞지 않을까 초조했다.

급히 먹지 않는다는 건 맛이 없어서일 수도 있다.

입맛에 안 맞을 때를 고려해 동칠은 대충의 핑계거리를 떠올려 놓았다.

'몸에 좋은 거라고 둘러대자.'

천천히, 아주 천천히 음식을 먹던 오테라스는 문득 젓가락질을 멈추고 입을 열었다.

"크라벨 경."

"예, 폐하. 하명하소서."

크라벨이라 불린 자가 뒤돌아서 허리를 숙이니 오테라스는 손짓으로 가까이 다가오게끔 했다.

눈은 동칠에게 고정되어 있었으나 오테라스는 크라벨의 귀에 대고 밀담이라도 건네는 양 아주 작게 무언가를 속삭였다.

동칠은 불안하기만 했다.

'설마, 음식이 마음에 안 들어서 날 어쩌려는 건 아니겠지?'

의아스럽게도 오테라스는 샥스핀을 마저 다 먹지 않고 자리를 떴다.

사정을 모르기는 그를 따라온 친위대 또한 마찬가지.

여태껏 우호적인 태도만 내비치던 친위대가 동칠을 보는 시선은 냉랭했다.

동칠은 음식을 만들 때 자신이 무슨 실수를 저지르지 않았는지 몇 번이나 되짚어보았다.

그러나 레시피를 뒤적여 가며 확인을 해보아도 잘못 행한 건 아무것도 없었다.

 그날, 황후의 처소에서는 교성이 끊이지를 않았다.
 1년이 넘도록 자신을 찾지 않던 황제가 처소로 납신 탓이다.
 황제는 여인에 몹시도 굶주려 있었고, 정욕에 이끌려 황후를 놓아주지를 않았다.
 그녀는 행복의 비명을 질렀으며 황제는 점점 더 난폭해져 갔다.
 급기야 황후는 졸도했고, 황제는 또 다른 후궁들의 방을 찾았다.
 그렇게 황제는 쾌락에서 헤어날 줄을 몰랐다.
 이 같은 일은 철저한 비밀에 부쳐졌다.

아는 이들은 쉬쉬했으며, 모르는 이들도 구태여 묻지 않았다.

하물며 황제가 와룡반점에 다녀갔던 일까지도 동행했던 이들은 함구했다.

행여 황제에게 반감을 가지고 헐뜯기 좋아하는 이들의 귀에 들어가면 자신들끼리 황제가 발정이 났다고 떠들어댈까 걱정이 되었던 것이다.

※ ※ ※

동칠은 샥스핀을 처분했다. 황제가 찾지 않는 듯해 사람들한테 팔아버린 것이다.

물론 식구들에게도 주지 않으려 했으나 가르데일만은 예외였다.

일을 도와주던 참에 한 손님이 바쁜 일이 있다며 서둘러 사라졌는데, 바로 그 손님의 테이블에 샥스핀이 상당량 남아 있었다.

가르데일은 호기심이 들었다.

그간 동칠이 해준 음식들은 하나라도 맛이 없었던 게 없었다. 그러니 자연 이 음식이 어떤 맛인지 궁금했던 것이다.

그는 식어버린 샥스핀을 그 자리에서 훌훌 마셨다.

매우 독특한 맛이었다. 그리고 흠잡을 데 없는 맛이기도 했다.

"이렇게 맛있는 걸 왜 다 남겨?"

황제와 방금 간 손님을 꾸짖음이다.

하지만 비어버린 그릇을 들고 홀로 향하다 보니 치미는 무언가가 있었다.

유독 여인들이 눈에 밟혔다.

그 감정을 알아차리게 된 가르데일은 최대한 자제하고 억누르려고 했다.

그러나 억제한다고 해결될 크기가 아니었다.

신체에 일어나는 변화를 느낀 가르데일은 거북해지면서 동시에 민망해졌다.

기어이 샨의 짧은 치마까지 눈에 들어왔는데, 도저히 시선을 다른 곳에 둘 수 없었다.

더 이상 억세한다는 건 무리였기에 가르데일은 와룡반점을 뛰쳐나갔다.

그리고 그 광경을 본 보덴과 하만은 이해할 수가 없었다.

"어르신이 왜 저러시지?"

뛰쳐나간 가르데일이 돌아온 건 그로부터 나흘 뒤였다.

어딜 다녀왔냐는 동칠의 질문에 그는 차마 기방을 전전했다고 털어놓을 수 없었다.

창피함은 느끼기 때문이다.

본래 가르데일은 그리 여색을 밝히는 편이 아니었다.

그러한 그가 윤락가를 찾았던 원인은 전적으로 샥스핀에 있었다.

동칠이 풀지 못한 숙제를 해결한 셈이었다.

'황제 또한!'

가르데일은 동칠을 붙들고 한 곳으로 데리고 가 진중한 낯으로 얘기했다.

"그것! 손님들한테 팔 게 아니네."

"그것이라니요?"

"샥스핀 말일세."

"예? 왜요?"

며칠 동안의 일 때문에 창피함에 물들어 가르데일의 볼이 발그레해졌다.

"크흠."

헛기침으로 일관하는 그를 동칠은 나무랄 수밖에 없었다.

"이유를 설명해주셔야죠."

"아무튼 내 말을 듣는 게 좋을 걸세."

동칠은 더 길게 묻지는 않았다. 그래야 할 필요성이 없었기 때문이다.

"무슨 이유인지는 모르겠지만 어차피 이제 다 떨어졌어요. 한 그릇 만들 정도밖에 없었거든요."

새로운 메뉴이기는 했지만 워낙 비싼 가격이라 어지간한 부호가 아니고는 샥스핀을 맛볼 수 없었다.

샥스핀은 손님들 외에도 그동안 친하게 지내왔던 리온의 공왕에게 진상되었고, 춘장을 만들 때마다 매번 도움을 주던 왕국의 귀족에게도 보내졌다.

그 이후 깜깜무소식이기는 황제와 마찬가지였다.

이를 의아하게 받아들인 동칠이 샥스핀을 맛보지 않았느냐? 그건 아니었다.

단, 맛만 보았다.

원래 샥스핀이 동칠에게는 그다지 구미가 당기는 요리가 아니기도 했지만, 예전에 맛보았던 것과 큰 차이점을 못 느꼈기에 그는 이곳 사람들의 취향이 그런가 보다 하고 말았다.

물론 약간 맛을 본 정도지만 밤에 잠이 안 오고 유달리 '먼데이 서울' 잡지를 자주 찾기는 했다.

그러나 그뿐이었다.

그때, 문득 롬이 방문을 빠끔히 열었다.

그리고 식구들 외엔 다른 사람이 없는 걸 확인한 그는 물병을 내밀었다.

그에 율카스가 득달같이 달려가려고 할 때, 동칠이 제지시키고는 새 물병을 들고 직접 걸음을 했다.

팔에 자리한 굵직한 땀방울이 동칠의 눈에는 안쓰럽게만 비쳐졌다.

"힘들면 좀 쉬었다 하세요."

"하하, 우리더러 죽으라고 하시오."

드래곤과 관련된 일에는 필사적인 드워프들이었다.

동칠은 아직 와룡반점에 머무는 드워프들의 환경을 완전히는 이해하지 못한 것이다.

'드래곤이라는 존재가 그렇게 무서운 걸까?'

저들로부터 넌지시 들은 얘기가 있기에 드는 생각이었다.

그렇다고는 해도 동칠은 드래곤과 조우한 적이 없었다.

자신은 그렇게 알고만 있었다.

여태 팔아온 샥스핀이 실버 드래곤의 지느러미라는 것도 모르고!

만약 그 같은 상황을 알게 되었다면 롬을 비롯한 동료 드워프들은 그 자리에서 까무러쳤을지도 모른다.

결국 모르는 게 약이었다.

커다란 목소리가 들려온 건 이때였다.

"동칠, 나와 보시오!"

귀에 익은 목소리였다.

누군가 왔다는 걸 깨달은 롬은 바로 문을 닫았고, 헤즐링의 레어로 통하는 비밀 통로로 들어갔다.

동칠도 들려오는 음성이 대마법사 슐터의 것임을 알아채고는 바삐 현관 앞으로 걸음을 옮겼다.

그곳엔 못 보던 여인이 대마법사 슐터를 비롯한 호위를 대동한 채 시녀인 듯한 여인들과 함께 서 있었다.

여인의 옷차림은 이제껏 동칠이 보아왔던 어느 누구보다도 화려했다.

 비단결 같은 옷에 달린 레이스들은 천사의 날개같이 화사했으며, 봉긋 솟은 어깨 부분은 아늑함과 고풍스러움을 자아냈다.

 그런가 하면 하늘거리는 치맛자락은 우아함을 여실히 드러내고 있었다.

 오색의 보석들을 꿰어 만든 목걸이는 그녀의 백옥 같은 피부와 아름다운 얼굴을 한층 돋보이게 만들었고, 귀에 건 자색의 귀걸이는 영롱한 광채를 발했다.

 도저히 이런 산중과는 어울리지 않는 여인이었다.

 그때, 여인의 붉고 도톰한 입술이 열리며 미성이 흘러나왔다.

 "이자인가?"

 "그러하옵니다, 마마."

 답을 하는 슐터에게 동칠은 생각 없이 질문을 던졌다.

 "누구?"

 순간, 외모부터가 다소 신기한 사람이라고 생각되었던지 관심을 가지고 보던 시녀들의 표정이 급변했다.

 슐터는 보폭을 넓히고 빠르게 발을 디뎌 동칠에게 오더니 당황스런 표정을 머금은 채 대답했다.

 "화, 황후시오."

다행히 황후는 동칠의 언행을 따지려 들지 않았다.

시녀들과 호위 외에도 와룡반점의 식구들이 나온 상황.

보는 눈이 많음을 알아차린 황후는 동칠에게 따로 자리를 권했다.

"그대와 둘이서만 얘기를 하고 싶다."

거절할 필요도, 이유도 없었기에 동칠은 짤막히 응대했다.

"예."

그렇게 인근에 자리가 마련되었다.

둘의 대화를 아무도 알아듣지 못하게 하려는지 전후 사방 7미터 내외로 호위가 서서 쥐새끼 한 마리도 얼씬거리지 못하게 했다.

미처 얘기를 꺼내기도 전에 낯부끄러운 그 일이 상기가 되었는지 황후의 볼은 홍조로 물들었다.

사실 그녀는 동칠의 첫인상에서 매우 놀랐다.

측근을 통해 황제가 밤일을 낮에도 일삼는 것은 와룡반점을 다녀간 이후부터라고 들었던 그녀였다.

그리하여 그녀는 그런 요망한 음식을 만든 자는 필히 탐욕스러운 눈과 표정을 가졌을 것이라 추측했다.

그러나 오늘 마주친 이자는 너무도 순박해 보였다. 좋게 말해서 너무 소박하고 맑아 보인다고 할까?

입술을 잘근 깨물고 이 길을 떠나온 그녀였다. 그에 사악한 요리사라 해도 요구할 참이었다.

한데, 이토록 편안한 인상이니 황후는 그다지도 안심이 되었다.

말 꺼내기에 어려움이 없다는 얘기다.

"도대체 폐하께 어떤 음식을 드린 것이냐?"

"어디가 잘못되셨는지?"

"아니다. 어떤 음식을 내어드렸냐고 묻지 않느냐?"

문제가 되었다면 진즉에 끌려갔을 터였다.

그래도 너무 진지한 낯으로 물어오니 동칠은 마땅히 되물을 수밖에 없었다.

그리고 곧 그는 안도했다.

'음식 이름 묻자고 여기까지 찾아왔다니……'

샥스핀이 어떠한 효과를 발휘한지도 모르고 동칠은 슬그머니 웃으며 되물었다.

"샥스핀이요?"

그런데 별 이유 없는 그 웃음이 황후를 도발했다.

마치 그가 황제와 자신과의 거사를 떠올리는 듯했기 때문이다.

공교롭게도 동칠의 지금 표정은 '먼데이 서울'을 즐겨 볼 때와 어딘가 닮아 있었다.

기분은 나빴지만 황후는 그러한 말을 입 밖에 낼 수는 없는 노릇이었.

또한 착각일 수도 있어서 괜히 긁어 부스럼을 만들 필요도 없었다.

"샤, 샥?"

"샥스핀이라고 합니다. 샥. 스. 핀."

"그래, 그거. 폐하께 내어드린 그 음식, 나에게도 내어줄 수 있느냐?"

결국 황후가 온 연유다.

그녀는 황제의 사랑을 다 받아줄 수 없는 자신에게 화가 났다.

특히나 10년이 넘도록 슬하에 공주 하나밖에 두지 못한 데 민감해 있던 그녀였다.

장차 황위를 이어받을 황자를 보기 위해 그간 얼마나 각고의 노력을 기울였던가!

용하다는 마법사들과 현자들을 많이도 만나보았다.

그리고 마법의 힘을 빌어서 더 예뻐지고 아름다워졌다. 현자들과의 대화를 통해 말투도 더욱 고상해졌다.

매력은 배가 되었지만, 그럼에도 불구하고 황제는 자신을 외면했다.

그토록 간청을 했어도 찾지 않던 황제였다.

그렇게 매정했던 이가 이번엔 부르지 않아도 제 발로 찾아와주었다.

샥스핀이라는 음식 하나로 인해서!

하지만 이번에 문제는 자신에게 있었다. 반나절을 버티지 못하고 쓰러져 버렸기 때문이다.

지금도 후궁들의 처소를 드나들고 있을 황제 때문에 그녀는 더없이 초조한 상태였다.

"그건……."

동칠이 뜸을 들이니 황후는 발을 동동 굴렀다.

"어서 말해보거라."

"이제 없어서요."

"없다니? 뭐가?"

"재료가 다 떨어졌어요."

1인분만 남은 관계로 동칠은 샥스핀을 더는 팔지 않을 생각이었다.

그에 황후는 전폭적인 지지를 내걸었다.

"무엇이든 도와주겠다. 재료가 없으면 구입하면 되지 않느냐?"

"구입할 수 있는 것이면 기다려 달라고 했을 겁니다. 다시 구한다는 보장도 없고, 몇 달이 걸릴지도 모르는 일입니다. 또 가는 길에 제가 죽을지도 모르고요."

그 고생을 할 생각을 하니 동칠도 말투가 드세졌다.

황제에 이어 이제는 황후마저 자신을 부려먹을 생각을 하는 것 같아서였다.

황후는 비통을 금치 못했다.

절망이 눈앞을 가려 두 눈 가득 이슬이 고였다. 마치 미풍만 불어와도 흘러내릴 모양새다.

동칠도 남자였다.

마음을 독하게 먹었건만, 여자의 눈물 앞에 한없이 약해지는 자신을 느끼면서 결국 말을 번복하고 말았다.

"사실 일 인분은 남았어요."

황후의 태도도 돌변했다.

"네 이놈, 감히 뉘 안전이라고!"

표독스러움이 잔뜩 묻어나는 말씨에 동칠은 뒤늦게 속았다는 기분이 들었다.

그러나 또 번복했다가는 지금 자신을 째리는 저 호위들이 가만둘 것 같지 않다.

황후에게 들으라고 동칠은 밉지 않은 말투로 중얼거렸다.

"원래는 폐하 드릴 생각이었거든요."

황제를 위한 것이었다고 하니 황후도 한발 물러설 수밖에 없었다.

"대가는 얼마든지 지불할 터이니 내게 내어다오."

대가는 바라지도 않았다.

"여기서 잠시 기다려 주실 수 있으시죠?"

동칠이 잠깐 시선을 돌린 사이, 황후는 잽싸게 눈물을 닦고는 고개를 끄덕였다.

의외로 귀여운 구석을 내보이는 그녀가 마음에 들어 동칠은 당장 요리를 준비하기로 했다.

 손이 많이 가는 일이라 샥스핀을 만드는 데는 제법 긴 시간이 흘렀다.

 황후는 황자를 꿈꾸며 설레는 맘으로 얼굴에 미소를 그린 채 서성이다가 요리가 늦어지자 안절부절못했다.

 그런 황후를 보다 못한 테네스 후작이 대마법사 슐터의 옆구리를 찔렀다.

 "슐터 경, 경이 좀 가보시구려."

 슐터도 과거 자애로운 황후에게 은혜를 입은 한 사람이었다.

 어찌 그녀의 일을 모르는 체할 수 있으랴.

 쪼르르 달려가 와룡반점 현관에서 기다렸다.

 마음만 급해져 요리를 하고 있는 주방으로 들어가려 했지만, 데몬이 이를 제지했다.

 "안으로는 들어갈 수 없습니다."

 "들어갈 수 없다니? 왜 그렇소?"

 "동칠이 원치 않습니다."

 흑마법사와 백마법사. 상극이라면 상극인 두 사람이다.

 더불어 슐터는 동칠이 자신보다 이자와 더 친할 것이라고 생각하니 질투심까지 솟았다.

 두 사람의 얼굴에 야멸친 표정이 굳어졌다. 눈에서는 전기라도 튀길 듯 보인다.

중재를 하는 건 가르데일이었다.

"왜들 이러시나? 싸우지들 마시게."

자고로 말리는 사람이 더 미운 법이었다.

괜한 눈총이 자신에게 쏟아지니 가르데일도 슬그머니 기분이 나빠지려 했다.

마침 그때, 동칠이 율카스와 준비된 음식을 들고 나왔다.

"불러주시겠어요?"

자신을 향해 하는 말에 슐터는 소리 나게 고개를 끄덕이고는 날듯이 달려가 황후에게 아뢰었다.

"황후마마, 성찬이 준비되었다고 합니다."

"앞장서시게."

바닥에 닿을 듯한 드레스를 살며시 추켜올리고 황후는 총총걸음으로 슐터를 뒤따라갔다.

그곳에는 이상한 음식이 기묘한 형태의 접시에 담겨 테이블 위에 놓여 있었다.

술이 담긴 주전자 또한 난생 처음 보는 것이었다.

그릇에 유난히 관심이 많던 황후였다.

자연히 용기들에도 욕심이 났으나 그것까지 바라진 않았다.

시녀가 의자를 빼어주고 황후는 자리에 앉았다.

초목이 우거진 경치를 마주하며 식사를 하는 것이 그녀는 꽤 마음에 들었다.

"낭만을 좀 아는구나."

평소 농담을 잘 하지 않던 그녀였다.

그러한 그녀가 동칠에게 이와 같은 말을 건넨 건 이미 많은 호감을 느끼고 있다는 일종의 증거였다.

동칠이 웃는 모습이 황후는 그렇게 다정해 보였다.

그러나 딱 거기까지였다.

음식에서 솔솔 풍겨 오는 구수한 냄새에 황후는 이미 정신을 반쯤 놓고 있었다.

'폐하를 따라 그 많은 음식을 접했지만 이런 향은 없었다.'

그녀 또한 미식가였다.

손은 우아한 움직임을 그렸으나 처음 보는 젓가락의 쓰임새는 몰랐다.

"이건 무엇에 쓰는 물건인고?"

어여쁜 손이 젓가락을 요상하게 집어 드니, 동칠은 그 쓰임새를 알리기 위해 뒷주머니에서 이럴 줄 알고 꺼내온 젓가락을 잡는 시범을 보였다.

"이렇게 잡으시면 돼요. 그리고 이렇게 집는 거고요."

황후는 급했다.

똑똑히 봐두기는 했으나 처음 하는 젓가락질은 서툴 수밖에 없었다.

그에 자연히 숟가락이 자주 사용되었다.

미끄러지는 샥스핀에는 젓가락이 동원되었다. 젓가락으로 밀어 숟가락에 고정을 시키는 것이다.

 아무리 품격 있는 삶을 영위했다고는 하나 처음 대하는 음식에 있어서 황후는 우아하지 못했다.

 눈살이 찌푸려지는 광경도 있었다.

 미처 샥스핀이나 버섯을 제어하지 못하고 테이블에 흘리는 장면들이었다.

 황후는 하나하나 떨어지는 것들이 무척이나 아쉬웠다.

 혀에서 사르르 녹는 샥스핀과 버섯에 놀라 이미 입안은 행복의 비명을 지르는 중이다.

 세상에 태어나 이토록 맛있고 독특한 음식을 접해본 건 처음이었다.

 '이런 삶도 나쁘진 않겠다.'

 그녀도 여자였다. 어찌 낭만과 행복을 꿈꾸지 않을 수 있으랴.

 주책맞게도 잠시나마 동칠을 부군으로 떠올려 본 황후였다.

 여자는 남자에 비해 감상적이다.

 그래서인지 음식을 먹는 동안 그녀는 이 음식을 먹었던 오테라스보다도 더한 황홀경에 빠졌다.

 감정에 도취되어 가슴이 세차게 뛰었고, 뿐만 아니라 초점이 흐려지며 숨이 가빠왔다.

결국엔 이성이 그녀의 뇌리에 경종까지 울렸다.
'아니 된다. 음식을 먹는 일에만 집중해야 한다.'
어렵사리 동칠에게서 시선을 떼고 황후는 고개를 숙인 채 샥스핀 접시만 바라보았다.
이미 볼은 홍당무처럼 빨개진 상태다.
동칠이 가까이할 수 없는 사람임을 깨닫고 황후는 황제를 그리워했다.
그리고 잘 먹었다는 인사만을 남긴 채 데리고 온 이들과 함께 마법진을 향해 유유히 걸음을 옮겨 갔다.
그로부터 반나절도 지나지 않아 동칠 앞으로 음식 값이 지불되었다.
금은보화가 가득 든 패물 상자가 그것이었다.
황후는 영악한 면이 있었다.
측근을 통해 황제가 자신을 찾지 않으면 음식 값을, 자신을 찾으면 패물 상자를 건네주라는 지시를 내렸었다.
말인즉슨, 황제가 후궁들의 처소에서 나와 그녀의 처소로 돌아왔다는 이야기였다.

※ ※ ※

"어서 옵쇼."
"안녕히 갑쇼~"

손님들이 한꺼번에 들락거리는 바람에 아콴은 바빠졌다.

그런 와중에서도 인사를 꼬박꼬박 하는 건 삼식의 잔소리에 영향을 받아서였다.

해서, 아콴은 나름 짧은 인사말을 만들었고 그걸로 문제를 삼는 손님은 없었으며 삼식도 그걸 빌미로 잔소리를 하진 않았다.

당구장을 옮기면서 손님은 더욱 많아졌다.

당구장을 옮겨야만 했던 이유! 그것은 알타 산 인근에 새로 생긴 경찰서 때문이었다.

경찰들은 범법 행위를 묵과하지 않았다.

삼식의 당구장은 주로 범죄자들이 찾았기에 부근에서 계속 장사를 한다는 건 단골손님들에게 불편함으로 자리했던 것이다.

아닌 게 아니라 수차례나 경찰들이 삼식의 당구장을 드나들었다.

삼식은 비밀 통로로 손님들을 빼어줬으나 그것도 하루 이틀이다.

더욱이 알카에르 산적단마저 나날이 커져 가는 경찰들의 공권력에 버티다 못해 이주를 결정했으니 차라리 잘된 일인지도 몰랐다.

아무리 두목인 알카에르가 합법적인 사업을 강조하면 뭐하랴. 죽 범죄와 친해왔던 산적들은 제 버릇 개 못 주는 것을.

삼식은 차라리 다행이라 여겼다.

알카에르가 삼식의 당구장이 장사가 잘된다는 소식을 듣고는 크게 넓혀 주었던 것이다.

처음으로 두목에게 인정을 받은 셈이다.

덕분에 이틀에 한 번 꼴로 시모에르도 만날 수 있었다.

처음엔 시모에르가 일을 도와준다는 것만으로 기뻤는데, 지금은 자꾸 딴 데 눈이 팔렸다.

이상하게 여기로 가게를 옮기고부터 예쁘고 몸매가 잘빠진 여성 고객들이 많이 드나들었기 때문이다.

삼식의 눈이 그녀들의 몸매를 향할 때면 여지없이 시모에르가 눈을 흘겼다.

지금처럼.

"죽고 싶으면 까불어라."

"아아~"

평소와는 달리 삼식은 신음을 내뱉을 수밖에 없었다. 시모에르가 오늘은 귀까지 잡아당겼던 탓이다.

눈물이 찔끔 배어났다.

차례가 돌아오자 폼을 잡으며 엉덩이까지 길게 빼고 삼식을 향해 흔들던 여인.

맞은편의 가슴골이 훤히 드러날 정도로 푹 파인 블라우스를 입은 여인.

이 두 여도적들은 사실 흑심이 있었다.

삼식이 이 당구장의 사장이라는 걸 알고 어떻게든 꼬셔 보려 한 것이다.

시모에르가 여우 같은 그 짓거리들을 모를 리 없었다.

삼식의 귀를 잡아끌고 그녀들에게 가 시모에르는 한 손으로는 그녀들의 당구대에 있던 공을 집어 들고 위협조로 말했다.

"머리통 날려 버리기 전에 꺼져."

대장부 같은 그 기세에 그녀들 또한 움츠러들 수밖에 없었다.

그녀들은 계산도 하지 않고 나가면서 시모에르를 향해 짜증 어린 목소리를 내뱉었다.

"쳇, 별꼴이야."

그러고도 분이 풀리지 않았는지 시모에르는 삼식의 귀를 붙들었던 손가락을 세게 잡아뗐다.

그러자 처절한 삼식의 비명이 당구장에 메아리쳤다.

"아악!"

보는 이들마다 눈살을 찌푸렸다. 하지만 익히 시모에르를 알고 있는 자들이 태반이었다.

'쯔쯧, 코가 꿰여도 단단히 꿰였군. 불쌍한 놈.'

몇 번 바람을 피울 시도를 했던 삼식이었다.

자신이 이 당구장의 사장이라는 걸 앞세워 몇 마디 말로 여자 손님을 꼬드겨 밖에서 만나기로 했음이다.

그러나 시모에르가 풀어놓은 흥신소 사람들의 눈을 피할 수는 없었다.

따라서 삼식은 현장에 도착할 때마다 그녀에게 체포되었고, 엉덩이를 걷어차이면서 돌아와야만 했다.

사람들이 보는 앞이라 창피했지만, 힘으로도 이길 수 없는 게 시모에르였다.

하물며 그녀가 자신의 아빠인 알카에르에게 일러바치기라도 하는 날에는 큰일이었다.

예전에는 시모에르만으로 만족할 수 있다고 생각했던 삼식이었건만, 장사가 잘되니 마음이 바뀌었다.

사람이 모두 같을 순 없었다.

동칠 같은 경우는 그렇게 많은 부와 권력을 거머쥐고도 여인들에게 추파를 던지지 않고 '먼데이 서울'을 보는 것으로 만족한다.

반면에 삼식은 한 여인에 만족하지 않고 여러 여인을 사랑할 야심을 품었다.

세상이 이리 넓고 여자는 많은데 한 사람에 만족할 수 없다는 욕심이 꿈틀거린 탓이다.

시모에르는 그러한 삼식이 어이없었다.

자신이 아니었다면 그가 이러한 성공을 거두지 못했을 것은 불 보듯 훤하다.

지금의 삼식이 있게끔 일조했다는 건 알 만한 사람은 다

아는 사실이 아닌가.

 하나, 삼식만은 그 점을 간과하고 있었다.

 '내 아이디어였다. 내 아이디어가 없었으면 누가 당구장을 차려?'

 그러나 대한민국엔 삼식 같은 사람이 많았다.

 뿐만 아니라 100평 남짓한 이 당구장 안에도 삼식 같은 부류는 결코 적지 않았고, 자연히 그의 편을 들어주는 사람이 있었다.

 개중 누군가가 용감무쌍하게 입을 열었다.

 "거, 남자들이 처자들 싱싱한 다리 좀 쳐다볼 수도 있지. 아름다움에 자신이 있으니 보라고 내놓고 다니는 건데 너무 그러는 거 아니오?"

 "뭐라고 했어요?"

 "세상에 처자 혼자만 있는 것도 아니지 않소. 욕심이 너무 과하시네."

 거기까지여야 했다.

 하지만 인근에서 킥킥거리는 소리까지 들려오자 시모에르는 조롱을 당한 듯해 불같이 화가 치밀었고, 그 대가는 바로 손에 든 당구공이었다.

 보통의 여인네들이라면 차마 못할 짓이었다.

 하나, 시모에르는 날 때부터 산적!

 특히나 성질 더럽기로 유명했던 알카에르의 딸이다.

무서운 속도로 날아가던 당구공은 금세 목표를 잃었다.

당구를 치고 있던 이도 도적이어서 그만한 운동신경은 가지고 있던 탓이다.

그러나 재수 없게도 그 무렵 손님이 들어오고 있었고, 당구공은 그의 면상을 향했다.

'안 돼!'

뒤늦게 시모에르는 후회했다.

그렇지만 애꿎은 손님이 맞아서는 안 된다는 후회뿐, 자신이 당구공을 던진 것에 대한 후회까지는 들지 않았다.

그럴 시간도 없었던 것이다.

놀란 가슴을 진정시키기도 전에 당구공은 목표물에 맞았는지 멈췄다.

사람들은 그렇게 생각했다.

아연실색해하던 삼식도, 당구를 치던 손님들도, 뒤늦게 인사를 하려던 아콴이나 시모에르도…….

그러나 다 틀렸다.

당구공 표면으로 손가락이 드러나 있다.

"이거 말괄량이 아가씨로군."

거친 목소리가 그녀를 나무랐다. 그리고 불현듯 공을 쥔 손가락들의 간격이 좁혀지기 시작했다.

파그작.

당구장에 있던 사람들은 그 광경을 보고 찢어져라 눈을 부릅떴다. 자신들이 보고 있는 것이 과연 가능한 일인지 의심이 남아서다.

당구공을 맨손으로 바스러뜨렸으니 놀랄 수밖에.

그것을 증명이라도 시켜 주려는지 그 손에서 가루가 흘러내렸다.

이어 거무스름한 손을 치우며 드러난 모습은 잿빛 머리카락에 귀가 뾰족한 다크 엘프였다.

그는 정면에 시선을 둔 채 함께 온 대상에게인지, 삼식에게인지, 시모에르에게인지, 아니면 다른 사람들에게인지 대상이 불분명하게 묻고 있었다.

"여기가 당구장이라는 곳인가?"

황제는 동칠에게 전언을 보냈다. 샥스핀을 다시 맛보고 싶다고…….

 동칠에게는 그야말로 청천벽력 같은 말이 아닐 수 없었다.

 이제껏 보아온 황제는 자신의 입이 어느 누구보다 고급이라는 걸 강조하려는지 그 어떤 음식도 두 번 입에 대지 않았었다.

 또한 샥스핀은 얼마 먹지도 않고 돌아갔었지 않은가.

 자연히 동칠은 샥스핀이 그의 입에 안 맞은 거라 오인했었다.

 한데, 다시 만들어달라니!

두 번 다시 그 지옥 같은 바다에 가고 싶지는 않았다.

저번엔 운 좋게 살아남았지만, 이번에도 그러리라는 보장은 없는 것이다.

게다가 샥스핀은 어디 있는지도 모르는 상태가 아닌가.

방향키가 제멋대로 돌아가고, 폭풍우를 만나 우연찮게 당도한 곳이 그곳이다.

그러나 이미 롯테 부기사단장과 대마법사 슐터가 예전의 부하들을 데리고 와 있었다.

동칠은 가봤자 헛수고일 거라고 두 사람에게 얘기했지만, 그들의 표정은 매우 어두웠다.

"우리라고 왜 모르겠소. 하지만 거역할 방도가 없소. 황제 폐하의 명이시니 말이오."

동칠은 억울했다. 왜 자신이 계속 황제의 명령을 들어야 한다는 말인가!

물론 마잔베르크를 물리쳐 주고 와룡반점을 지켜 주는 것은 고마웠다. 하지만 그런 것을 이유로 계속 자신을 부려먹어서야 곤란한 일이지 않은가!

동칠이 계속 펄펄 뛰니 롯테는 한발 물러섰다.

"정 그러면 우리끼리라도 다녀오겠소. 이제는 우리도 그것을 식별할 줄 아니……"

결국 동칠의 마음이 약해졌다.

다만 시간을 달라고 하고 미리 길드장들에게 이와 같은 상황을 알렸다.

그들은 한사코 말렸으나 동칠도 별수 없는 일이었다.

대신에 동칠은 제일 믿음직한 판테스에게 요리를 가르쳤다.

하나, 하루 종일 연습을 해도 판테스의 요리 실력은 도무지 나아질 기미를 보이지 않았다.

"문은 닫아놓는다. 대신에 그동안 연습해. 길드장들이 와서 발버둥을 치면 자신이 생길 때나 만들어."

"네, 사장님."

마침 나서려는 순간, 데몬과 가르데일이 방 안에서 떠날 채비를 하고 나왔다.

"우리도 가오."

"데리고 가주게."

생각해볼 것도 없이 동칠은 딱 잘라 거절했다.

"가다니요? 가게는 누가 지키고요?"

거침없는 말에 가르데일이 기죽은 목소리를 냈다.

"가게야 제국의 병력이 지키지 않나……."

"안에 있는 것들은요?"

예리하게 꼬집었다.

헤즐링과 드워프들을 생각하니 가르데일도 할 말이 없었다.

그건 데몬도 마찬가지였다.

동칠도 그들을 안 데리고 가고 싶은 것이 아니다.

 그러나 사지일 줄 알면서 저 즐거우라고 데리고 가는 건 양심이 허락지 않았다.

 시무룩해 있는 가르데일과 데몬에게 동칠은 억지로 미소를 지었다.

 "이번엔 금방 올 거 같아요. 가게 좀 잘 맡아주세요."

 다리가 납덩이를 달아놓은 것처럼 무거운 데도 동칠은 걸음을 옮겼다.

 식구들에게 손을 흔들며 인사를 하는 것으로 다시 그들을 보지 않았다.

 어쩌면 이 길이 마지막이 될 수도 있다.

 괜히 정을 더 나누어봐야 아픔만 커질지 모르는 일인 것이다.

 동칠이 너무 심각해하자 슐터는 위안 삼아 말을 던졌다.

 "너무 안 좋게만 생각하지 마시구려. 날이 꼭 그때처럼 궂으리라는 법은 없잖소."

 "그랬으면 좋겠네요."

 사지에 같이 끌려가는 입장이라 동칠은 겨우나마 얼굴에 웃음을 베어 물었다.

 ✼　✼　✼

"승선!"

이번에도 저번과 같은 항해사가 동행했다.

그는 동칠들과 달리 비교적 평온해 보였다.

'험한 바다에서 십칠 년을 살았으니……. 저 사람에 비해 난 정말 편하게 산지도 모르겠어.'

두려움에 초연할 수 있는 자세! 동칠은 그를 본받으려 애썼다.

범선은 미끄러지듯 바다로 흘러갔다.

오늘의 바다는 열세 살 소녀처럼 얌전했다. 평화로운 바다를 보니 동칠의 마음도 약간은 가라앉았다.

그러나 불안함이 완전히 가신 것은 아니었다.

'거기서 또 돌변할지도 모르잖아.'

이번엔 혹여 모를 사태에 대비해 날렵한 호위선들이 따랐지만, 인간의 마음만큼이나 변화무쌍한 것이 바다였고 하늘이었다.

언제 돌변할지 모르는 상황에 동칠은 마음을 놓지 않고 촉각을 곤두세웠다.

그러나 맑은 날씨가 이틀이나 계속되니 그의 마음도 어느새 느슨해졌다.

끝없이 펼쳐지는 바다를 보다 갑판에 누워 잠이 들기도 했고, 선원들이 건져 올린 작은 물고기들을 하늘 높이 던져 보기도 했다.

그럴 때마다 갈매기들이 날아와 고기를 낚아채갔다.

그런 갈매기들은 의리가 있는지 동칠이 탄 범선을 오래도록 따랐다.

그러나 어느 순간 갈매기들은 일제히 사라졌다. 그 많던 갈매기들이 말이다.

마침 조타실에서 롯테 부기사단장이 미소를 머금고 다가왔다.

"이번에는 금방 돌아갈 수 있답니다. 항해사가 길을 알아둔 모양입니다."

"그래요? 잘됐네요."

대답은 그리했지만 동칠의 표정은 밝지 못했다. 반겨야 정상인데 내면에서 불안함이 꿈틀거린 탓이다.

롯테 부기사단장은 그런 동칠의 속내도 모르고 주변에서 떠들던 자신의 기사들을 험한 눈으로 쏘아보며 물었다.

"안 좋은 일이라도……."

"아, 아니에요. 그냥 좀 이상한 기분이 들어서."

그때, 동칠의 어깨에 슐터의 손이 올려졌다.

"걱정 마시오. 다 끝났소."

"다 끝나다니요?"

슐터의 손이 가리킨 곳에 웃기게도 지느러미가 있었다. 그것도 바다에 둥둥 뜬 채다.

롯테도 환한 표정을 지었다.

"이번에는 자를 필요도 없구려. 이미 잘려져 있으니 말이오."

너무도 쉽게 얻은 까닭에 몇몇 기사들은 쾌재를 부르고 있었다.

"이얏호!"

동칠의 기분도 그에 못지않았다. 그야말로 날아갈 듯한 기분인 것이다.

지근에 있던 호위선 한 척이 그물로 샥스핀을 건져 올렸다. 그리고 호위선은 동칠이 탄 범선에 다가와 사다리를 대고 샥스핀을 올렸다.

동칠이 샥스핀을 받아드는 걸 보며 슐터는 기쁜 기색을 감추지 못하고 말했다.

"어렵지 않게 구했구려. 이런 보물을 준 바다에 감사해야 겠소."

그 순간이었다.

-그까짓 거 주지.

머릿속을 파고드는 괴성!

그것은 동칠에게만 들리는 소리가 아니었다.

주변의 호위선에 승선한 이들과 슐터와 롯테, 그리고 그들의 휘하 마법사와 기사들에게도, 심지어는 선원들과 조타실에 있는 항해사에게까지도 전해지는 소리였다.

부근의 바다에 있던 이브릴 라슈타르크의 소리를 들은 인간들에게는 일대의 혼란이 찾아왔다.

"누, 누구야?"

"무엇이?"

불분명한 적!

모두가 두리번거리며 그 정체를 궁금해할 때, 수심 깊은 곳에서 거대한 생명체가 떠올랐다.

푸화악.

하늘 높은 줄 모르고 뻗은 긴 뿔에 은빛으로 넘실거리는 육신.

섬뜩할 정도로 길게 찢어진 눈매와 얼음보다 시린 빛을 발하는 홍채.

눈매보다 훨씬 더 길게 찢어진 입이 벌어지며 악어보다 날카롭고 탄탄한 이빨이 드러났다.

그동안의 시간이 동칠 일행에게는 꿈같이 달콤했을지 몰라도, 자신의 지느러미까지 떼어내며 현장을 밟으려는 실버 드래곤 이브릴 라슈타르크에게는 무척이나 길고 지루한 시간이었다.

※ ※ ※

당구공을 맨손으로 바숴버렸던 그 손님은 오늘도 삼식의 당구장을 찾아왔다.

"마잔베르크 님!"

꼬리만 안 달았다 뿐이지, 마잔베르크를 반기는 모습이 영락없는 강아지였다.

마잔베르크는 그런 삼식을 꺼리지 않았다.

"있었나?"

"그럼요, 헤헤."

굽실거리는 모습이 그야말로 간신배다.

카운터에서 그런 그를 보는 시모에르의 눈길이 고울 리 없었다.

대륙을 호령하는 영웅은 아닐지라도 시모에르는 미래의 남편이 적어도 꿋꿋할 줄 알았다.

그런데 장차 낭군이 될지도 모르는 삼식이 남 앞에서 저리도 가벼워 보이니 맘에 찰 리 없는 것이다.

"흥."

고개를 돌리며 애써 외면하는 시모에르를 보며 마잔베르크는 입꼬리를 치켜 올렸다.

삼식은 시모에르와 아콴만 믿고 장사도 내팽개친 채, 마잔베르크에게 당구 강습을 시작했다.

"시작할까요?"

"그러지."

모든 걸 잃은 마잔베르크에게 당구장은 낙이 되어 있었다. 상처 입은 속을 달래주는 데는 당구만 한 것이 없었던 것이다.

 영업 방침상 술 반입이 안 되는 곳이지만, 삼식은 특별히 마잔베르크에게만 그것을 허용했다.

 서비스로 음료수 컵에 따라 나가는 것은 음료수가 아닌 뱃사람들이나 즐겨 마시는 독한 럼주였다.

 마잔베르크는 매상을 올려 주는 손님이 아니었다.

 삼식은 그에게 잘 보이기 위해 자신의 돈으로 그의 당구비를 채워 넣는 일까지 서슴지 않았다.

 그가 가진 힘에 매료된 것이다.

 마잔베르크의 몸은 서서히 정상을 되찾았다.

 이 당구 또한 스트레칭이 되고 운동이 되어 그에게 상당한 도움이 되었다.

 치유는 받았으되, 상처가 워낙 깊어 재활이 필요한 상태였던 그였다.

 몇 차례 순서가 오갔고, 삼식이 제각 돌리기로 빨간 공들을 멋지게 처리하는 걸 보며 마잔베르크는 감탄을 터트렸다.

 "호오, 그렇게도 치는군."

 "예. 두께 조절이 중요합니다. 아직은 삼구를 치는 사람이 많지 않지만, 찾아오는 사람들의 실력이 늘면 삼구로 돈내기도 많이 할 겁니다."

 마잔베르크는 그냥 웃었다.

당구로 돈내기를 한다고 해봐야 얼마나 벌겠는가. 차라리 부호의 집을 터는 게 빠를 것이었다.

지금도 살아남은 그의 부하들은 옛 동지들을 끌어 모으러 다니고 있다.

태평한 건 그들을 다스렸던 마잔베르크 혼자였다.

'모이면 집결 장소로 데리고 올 것이다. 그리고 다시 시작되겠지.'

제국이란 벽은 감히 다가설 수 없는 장애물이었다. 그러나 마잔베르크는 새로운 꿈을 꾸고 있었다.

그 제국에 복수를 가하는 것!

'물론 전과 같진 않을 것이다. 이제는 다크 엘프들의 왕국이 아닐 테니까. 수단과 방법을 안 가린다는 게 얼마나 무서운 건지 실감하게 해주겠다.'

모든 종족에 협조를 요할 생각이었다. 특히나 제국에 불만을 가지고 있는 이들을 전부 끌어 모을 작정이다.

그렇게 되면 수십 년이 아니라 더 빨리 일이 진행될 터였다.

삼식이 세 번이나 빨간 공들을 맞추는 걸 눈여겨보면서 마잔베르크는 상념을 접었다.

그런 마잔베르크가 지루해할까 염려가 되었는지 삼식은 일부러 큐를 미끄러뜨렸다.

삑!

"하하, 이거 초크를 안 칠했네."

뒷머리를 긁적이는 그를 보며 마잔베르크는 소리 없이 웃었다.

그리고 자신의 차례에 돌아온 공을 보았다.

공이 2개가 모여 있는 건 삼식의 계획하였다.

어쩌다 보니 이런 쉬운 공이 떴고, 아직 초보자인 마잔베르크가 치기에는 더없이 좋은 공일 듯 보였기 때문이다.

마잔베르크는 삼식을 대함에 있어 처음으로 목소리를 낮게 깔았다.

"너, 다른 건 다 마음에 드는데 하나는 안 들어."

삼식은 눈을 휘둥그레 뜨며 되물었다.

"네?"

마잔베르크는 대답을 주저하지 않았다.

"봐주는 거."

정확히 그날부터였다. 늦은 밤 검술을 배우기 시작한 게 말이다.

그것도 마잔베르크에게……

* * *

콰르르르륵!

용솟음치는 물살. 수압을 못 이겨 범선은 산산이 부서져

허공에 흩날렸다.

이브릴 라슈타르크에게 희생된 자만 1백 명이 넘었다.

하지만 그들이 흘린 피는 바다를 붉게 물들일 수 없었다. 바다에 있어 그들의 피란 티끌만큼도 못한 양이었기 때문이다.

드래곤과 싸우는 건 자살행위다.

누구나 그 말을 알고 있지만, 생명이 경각에 처한 상황에서는 싸우지 않을 수가 없었다.

그러나 잘 벼려진 검도, 궁정 마법사들의 마법도 이브릴 라슈타르크에게 상처를 입힐 수는 없었다.

그 육신을 덮고 있는 은빛 비늘은 강철보다 단단했고, 어지간한 마법쯤은 소멸시켜 버릴 수 있는 용언 마법이 존재했기 때문이다.

주문이 영창이란 드래곤에게는 해당되지 않는다는 얘기다.

긴 영창 없이도 드래곤들은 마법을 펼칠 수 있고, 강력한 브레스를 뿜을 수 있었다.

또한 그 육신의 힘이란 어떠한가? 쇳조각을 가볍게 찢고 바위를 가루로 만들어버릴 수 있다.

신들이 창조한 가장 강력한 생명체!

그것이 바로 드래곤이었다.

인간들을 비롯한 영장류의 오만을 꺾어 누를 수 있는 힘이 그들에겐 있었다.

하지만 어떤 드래곤도 드워프를 제외한 영장류들에게 힘을 과시하며 만용을 부리지는 않았다.

드래곤이 힘을 보일 때는 몇 가지로 축약된다.

영장류들이 경우 없이 날뛰거나 자연을 쑥대밭으로 만들 정도로 파괴를 일삼을 때다.

그러한 이유로 드래곤들은 유희를 통해서 억울한 일을 당했다 해도 참아 넘기는 일이 다반사였다.

지금 이브릴 라슈타르크에게 파괴의 원인을 제공한 건 분명히 눈앞의 인간들이었다.

해를 끼친 것도 아니었는데 버릇없이 가만히 잠자고 있던 자신의 지느러미를 잘라갔질 않은가!

-버릇없고, 가증스럽고, 주제를 모르는 녀석들!

이브릴 라슈타르크는 죽어가는 인간들을 보며 그렇게 꾸짖었다.

슐터와 롯테가 아무리 항변을 했어도 소용없었다. 죗값을 치르라는 뜻이다.

물은 무서운 것이었다.

날카롭기가 어느 보검에 뒤지지 않았고, 파괴력은 그 어떤 마법에 빗댈 게 못 되었다.

적어도 이브릴 라슈타르크가 움직이는 물은 그러했다.

최대한 고통스러운 모습을 보며 즐기기 위해 이브릴 라슈타르크는 일부로 수압을 약하게 조정했다.

인간의 육신이란 하잘것없어서 더한 힘을 주면 갈기갈기 찢어진다.

앞서 죽어간 자들이 그것을 증명했다.

그럼에도 슐터와 롯테가 아직까지 살아남은 이유는 그들보다 뛰어나다는 반증이었다.

대신에 그들의 몸도 온전하지 못했다.

롯테의 풀 플레이트 메일은 너덜너덜해지다 못해 걸레 쪼가리인 양 군데군데가 벗겨져 나갔고, 슐터도 방어 마법에 온 힘을 쏟느라 기진맥진한 상태였다.

두 사람 모두 마지막을 준비하고 있었다.

"…부탁하오."

본래 슐터는 더 버틸 여력이 있었다. 적어도 동칠을 보호해주지 않았다면 말이다.

슐터의 말에 롯테는 죽음을 각오하고 고개를 끄덕였다.

그러나 대답 대신 푸념이 흘러나왔다.

"이거 참, 마누라 볼 낯이 없군."

막 동칠과 좋아지려는 관계여서 롯테는 더욱 아쉬웠다.

'부디 그를 부탁하오. 죽기엔 너무 좋은 사람이니……'

그가 본 동칠은 권력과 돈을 탐하는 주변인들과는 천양지차였다.

비록 황제를 대하는 개념은 없었지만…….

'나 또한 폐하가 좋아서 따랐던 것은 아니니… 세상 어딘가에는 동칠 당신 같은 군주들도 있겠지?'

감상에 빠진 상황에서도 롯테는 모든 힘을 끌어올렸다. 그리고 그 힘은 고스란히 그가 들고 있는 검에 쏟아 부어졌다.

이브릴 라슈타르크는 오러 블레이드가 솟아나오는 걸 아는지 모르는지, 주변의 마나를 끌어 모으며 주문을 열심히 영창하고 있는 슐터를 바라보았다.

놈이 뭔가를 행하려 한다고 판단한 롯테는 앞쪽의 바다에 뜬 나뭇조각을 밟고 실버 드래곤에게 힘차게 파고들었다.

"그렇게 매정하게 굴지 말란 말이다!"

쩌엉.

눈은커녕 오러 블레이드는 실버 드래곤의 비늘에 닿지도 못했다.

이브릴 라슈타르크가 고개를 숙이는 바람에 섬세하게 뻗은 그 뿔과 마주쳤던 것이다.

어떠한 흔적도 남지 않았다. 하지만 롯테는 포기하지 않았다.

아니, 포기할 수 없었다.

'내가 너무 많이 바랐군. 주의를 더 끌어야 한다.'

마나를 운용한 몸놀림은 무척이나 빨랐다. 어디까지나 인간의 관점에서!

이브릴 라슈타르크의 입아귀는 길게 늘어졌다.

살려고 발버둥치는 인간들이 그는 전혀 불쌍하게 여겨지지 않았다.

 ─어리석은 자! 재롱이라도 피우려는가? 서로를 생각하는 마음이 갸륵하군. 그 하나는 인정해줘야겠어.

 감흥은 하되, 자비는 없었다. 슬슬 인간들과 노는 게 재미없게 느껴졌기 때문이다.

 제아무리 발 빠르게 뛰고 마법을 펼치면 무엇하랴.

 마법의 원조는 드래곤이었고, 인간의 몸속에 마나를 담는다고 해봐야 얼마 되지도 않을 텐데 말이다.

 그때, 불현듯 이브릴 라슈타르크는 생각을 고쳤다.

 ─크크큭, 그래. 그러고 보니 재미있는 생각이 떠올랐다. 너희도 원하는 일일 테니 살아남은 세 놈들, 한 몸으로 만들어주마.

 첫 번째로 다시 쇄도해오던 롯테에게 그 은빛 안광이 발해졌다.

 "끄아아아악!"

 의지와는 다르게 롯테의 몸은 허공에서 멎었다.

 지독한 전류가 그 몸을 타고 흘렀고, 눈알이 뒤집히며 전신이 파들파들 떨렸다.

 이렇게 빨리 제압될 줄은 몰랐을까? 슈터의 얼굴에 당혹감이 더해졌다.

 '시… 시간이…….'

아까부터 기절해 있던 동칠의 주위로 원형의 보호막이 생성되어 있었다.

슐터는 이 자리에서 비장의 마법을 선보일 생각이었다.

그것은 공격 마법도, 방어 마법도 아니었다. 동칠의 육신을 황실로 이동시킬 공간 이동 마법인 것이다.

-네놈은 무슨 고통을 안겨 줄까?

섬뜩한 눈초리로 쏘아보며 이브릴 라슈타르크가 건넨 말이었다.

공포에 지배되지 않기 위해 눈까지 질끈 감은 채 슐터는 미친 듯 주문을 영창했다.

그러나 물이 솟구치며 그의 몸을 휘감고 돌기 시작했다.

물이 만들어낸 원심력이 로브와 피부를 찢고 있음에도 슐터는 비명을 지르지 않았다.

여기서 비명을 지르면 이제껏 시행한 마법이 물거품이 될 수 있기 때문이다.

그 몸에서 뜨거운 피가 튀어 하필이면 떨어져 있던 동칠의 이마에 닿았다.

순간, 동칠은 눈을 번쩍 떴다. 그리고 지독한 고통에 물든 두 사람을 보았다.

갈색의 홍채가 순식간에 금빛으로 물들었다. 이는 여태 보였던 어떤 변화보다도 가장 빨랐다.

자버를 상대했을 때보다, 미노타우로스를 상대했을 때보다.

이브릴 라슈타르크의 눈초리가 재미있어 보이는 인간을 향했다.

그때, 놀라운 일이 벌어졌다.

동칠이 두 손을 뻗자 이브릴 라슈타르크의 주변에서 바닷물이 치솟은 것이다.

잠시 이브릴 라슈타르크는 당황했다.

인간 중에 이러한 마법을 펼치는 존재가 있다는 것에 놀라서다.

그러나 당황은 오래가지 않았다.

-성가시군.

용언 마법이 발현되자, 이브릴 라슈타르크를 중심으로 커지는 투명한 막에 그를 감싸려던 물의 장벽이 밀쳐져 사방으로 흩어졌다.

그리고 동칠은 눈꺼풀이 감겼다. 염수력으로 물의 장벽을 만든 그것이 지금 그가 낼 수 있는 힘의 한계였던 것이나.

슐터의 마법에 의해 빛에 감싸인 그의 몸이 흐려졌다.

그러다 갑자기 눈부신 섬광이 번쩍이더니 동칠은 사라졌다.

이브릴 라슈타르크는 뒤늦게 후회스러웠다.

-인간들을 너무 얕잡아봤군. 한 놈을 도망 보낼 줄은 몰랐다.

그래도 애석해하지는 않았다.

사라진 동칠의 모습이 그의 뇌리에 선명하게 각인되어 있었기 때문이다.

4권에 계속

www.mayabook.co.kr

www.mayabook.co.kr